古代文史名著选译丛书

主编 章培恒 安平秋 马樟根

黄宗羲诗文选译

修订版

译注 平慧善 卢敦基
审阅 马樟根

凤凰出版传媒集团 凤凰出版社

图书在版编目（CIP）数据

黄宗羲诗文选译 / 平慧善，卢敦基译注. -- 南京 : 凤凰出版社，2011.5
（古代文史名著选译丛书）
ISBN 978-7-5506-0351-6

Ⅰ. ①黄… Ⅱ. ①平… ②卢… Ⅲ. ①古典诗歌－诗集－中国－清代②古典散文－散文集－中国－清代 Ⅳ. ①I222.749②I264.9

中国版本图书馆CIP数据核字(2011)第042636号

书　　名　黄宗羲诗文选译
译 注 者　平慧善　卢敦基
责任编辑　郭馨馨
出版发行　凤凰出版传媒集团
　　　　　凤凰出版社(原江苏古籍出版社)
　　　　　南京市中央路165号　邮编 210009
　　　　　发行部电话 025-83223462
集团网址　凤凰出版传媒网　http://www.ppm.cn
照　　排　江苏凤凰制版有限公司
印　　刷　江苏凤凰通达印刷有限公司
　　　　　南京市六合区冶山镇　邮编 211523
开　　本　960×1304毫米　1/32
印　　张　7.625
字　　数　124千字
版　　次　2011年5月第1版　2011年5月第1次印刷
标准书号　ISBN 978-7-5506-0351-6
定　　价　15.00元
（本书凡印装错误可向承印厂调换，电话:025-57572508）

《古代文史名著选译丛书》编委会

《古代文史名著选译丛书》修订版出版说明

呈献在读者面前的这套《古代文史名著选译丛书》是2011年的修订版。全书共134册，包括了中国从先秦至清末两三千年间的著名典籍。每部典籍都选其精粹(《论语》《老子》则全文收录)，收录原文，加以简明的注释，力求准确地译为现代汉语，并于每一篇之前写有对该文的提示性说明。这是近一个世纪以来，规模最大、收录种类相对齐全、译注质量较高的一套普及传统文化的今译丛书。

这套丛书，原在1992年—1994年由巴蜀书社分三批出齐，印行过万套；不久，又由台湾的出版机构买去海外版权在台湾及海外发行，可见这套丛书当年在两岸受欢迎的程度。时隔17年，丛书编委会决定重新修订，改由江苏凤凰出版集团所属的凤凰出版社出版。

这套丛书是由教育部属下的全国高等院校古籍整理研究工作委员会(简称古委会)于1985年策划的。古委会组织了全国18所大学的古籍整理研究所的所长任编委会编委，由我们三人任主编，在全国范围内选请学有专长的学者承担各书的译注。从1986年—1992年，历时7年完成。当时，编委会制订了严明、可行的体例和细则，译注者按要求完成书稿。每部书稿完成后，都在全国范围内请编委会之外的专门研究这一学术领域的两位专家初审，合格后再请两位编委参照初审意见审改，然后退还原译注者改正。待原译注者改正后，再由编委会集中常务编委和部分编委、相关专家在一地将每部书稿从头至尾审改。这样的集中审稿会一般都在8—15天，7年中开了12次审改会。审改后，三位主编再集中在一起逐一审定，交付出版社。这一工作程序，使得这套丛书的译注质量有了一定的提高。所以，这套丛书，在一定程度上是个人与多人合作的结果。关于这套丛书的编纂始末，我们曾在1992年4月全书交稿后写有一篇文章，这次附在修订版书末，便于读者了解。

这次修订，是交由原译注者自己修改。少数译注者已去世，则书稿一仍其旧。个别译注者已联系不上，也保持原貌。

1992年—1994年出版时，书前有当时古委会主任周林先生写的序。周林先生是这一丛书的发起者。他已于1997年6月去世，至今已14年了。为了尊重历史，也为了纪念他，修订版仍用他的序。

我们三人在1985年—1992年主持这套丛书工作时，年龄大的是从51岁到58岁之间，年龄小的是从44岁到51岁之间，那时尚有精力组织、参与这一工作，今天我们都已年逾古稀。全书修订版出版之际，心情似乎比当年更惴惴不安地期待着读者的评头品足，期待着不要对读者贻误太多。

回想这套丛书，真应该感谢我们的祖先为我们留下了这样深厚、丰富的思想、文化遗产，使我们今天仍然受用无穷。应该感谢这套丛书的全体译注者、审阅者、编委和当年的出版者巴蜀书社、今天的出版者凤凰出版社，是他们的学识、辛勤与真诚使得这套丛书得以面世。

章培恒　马樟根　安平秋

2011年3月15日

序

《古代文史名著选译丛书》与广大读者见面了。这是丛书编委会的同志与众多专家学者通力协作、辛勤耕耘的结果。

中华民族在五千年漫长的岁月里,创造了光辉灿烂的文化,给人类留下了丰富的精神财富。“观今宜鉴古,无古不成今”。今天,以马克思主义的科学理论为指导,整理研究我国古代文化典籍,做到汲取精华,剔除糟粕,古为今用,推陈出新,使人们在正确认识民族历史的同时,得到爱国主义的教育,陶冶道德情操,提高全民族的文化素质,促进社会主义文化的繁荣,使文明古国的历史遗产得以发扬光大,这是我们每个炎黄子孙的责任。而要做到这样，对古籍进行整理与研究是重要的基础工程。但是，整理与研究古籍仅作标点、校勘、注释、辑佚还不够，还要有今译，使老年人、中年人、青年人都愿意去读，都能读懂，以便从中得到教益。

基于以上认识，全国高等院校古籍整理研究工作委员会于1986年5月组成了以章培恒、安平秋、马樟根三位同志为主编的《古代文史名著选译丛书》编委会，确定了以全国十八所大学的古籍整理研究所为主力承担这一看似轻易、实则艰巨的今译任务。在第一次编委会议上，拟定了《凡例》、《编写与审稿要求》、《文稿书写格式》和一百余种书目。以每一种书为十万至十五万字计算，这套丛书大约有一千余万字，应该说是一项大工程。经过一年的努力，完成了第一批三十六部书稿的译注任务。在各研究所的专家与所长把关的基础上，于1987年5月和7月，先后在复旦大学、北京大学召开了部分编委参加的审稿会，通过了二十五部书稿，作为《古代文史名著选译丛书》与广大读者见面的第一批作品。与此同时，在1987年7月6日，邀请了在京的十几位专家教授与编委会十几位编委一起座谈这套丛书与古籍今译的问题。专家们肯定了今译工作的必要性与深远意义，并以他们数十年的教学科研和创作的经验，说明今译是一项难度很大的工作，是培养人才，使之打下坚实基本功的一种有效方法；专家们还对《古代文史名著选译丛书》提出了宝贵的建议，这对当时的审稿工作和保证《丛书》的质量起了很好的作用。

实践证明，古籍的今注不易，今译更难。没有对作品的深入、透彻的研究，没有准确、通俗、生动的语言表达能力，要想做好今译是不可能的。两年多来，全国高等院校古籍整理研究工作委员会在探索古籍的今注、今译的道路上，做了一些工作。这部丛书的出版，是系统今译的开始，说明古籍整理研究工作有了新的进展。更可喜的是，一批中青年学者参加了今注今译工作，为古籍整理增添了新生力量，相信他们会在实践中，在学习中，成长成熟。我希望，这套丛书的编委会和高校各古籍整理研究所要敞开大门，加强同国内外专家学者的联系，征求他们和广大读者的意见，并向有真才实学而又适宜做今译工作的专家学者约稿，以提高古籍译注的水平，使《古代文史名著选译丛书》的第二批、第三批作品的质量更上一层楼。

这是一套以文史为主的大型的古籍名著今译丛书。考虑到普及的需要，考虑到读者对象，就每一种名著而言，除个别是全译外，绝大多数是选译，即对从该名著中精选出来的部分予以译注，译文力求准确、通畅，为广大读者打通文字关，以求能读懂报纸的人都能读懂它。我希望这套丛书能成为中小学教师的语文、历史教学的参考书，成为大专院校学生的课外读物，成为广大文史爱好者的良师益友。由于系统的古籍今译工作还刚刚起步，这套丛书定会有不少缺点、错误，也诚恳地希望读者批评指正。

巴蜀书社要我为这套丛书写序，我欣然接受了。我相信这套丛书不仅会使八十年代的人们受益，还将使子孙后代受益，它将对祖国的繁荣昌盛起到点滴的作用。最后借此机会向曾给予我们支持、帮助的专家学者和巴蜀书社的同志表示衷心的感谢！并殷切地希望台湾同胞、港澳同胞、海外侨胞和我们一同做好祖先留给我们的文化遗产的整理工作，为中华民族灿烂的文化再放异彩而努力！

周　林

1987年10月于北京

目　录

诗

前　言

黄宗羲（1610—1695），字太冲，号南雷，浙江余姚黄竹浦人。他是十七世纪中国的启蒙主义思想家、大学问家，中国文化史上的一位杰出人物。

明代后期朝政败坏，一些敏感的知识分子想有所振作。万历朝顾宪成因议论朝政罢官，与高攀龙在无锡东林书院讲学，一时有相同政见者闻风而至，形成一个政治上的反对派，被人们称为“东林党”，和天启朝掌权的大宦官魏忠贤及其党羽展开斗争。崇祯初年魏忠贤等虽垮台，全国性的农民大起义又爆发，李自成打进北京，崇祯自缢。清兵乘机入关，占领了黄河流域，接着又南下消灭了弘光、隆武、永历等几个南明政权，统一了中国。

黄宗羲这一生，正处在这个大动荡时期。他的父亲黄尊素是东林党的重要人物。天启三年(1623)，黄宗羲十四岁考中秀才，随父进京。当时，东林党的领袖人物杨涟、左光斗等常到黄尊素寓所议论国事，黄宗羲深受影响。天启六年，黄尊素被魏忠贤杀害。翌年崇祯帝朱由检即位，黄宗羲递申冤状，为父昭雪。崇祯二年，复社成立，继承了东林的传统，宗旨是"重气节，轻生死，严操守，辨是非"。黄宗羲成为它的中坚分子。当时魏党余孽阮大铖有所活动，以黄宗羲、顾杲为首，复社成员一百四十余人在崇祯十一年(1638)写了《留都防乱公揭》，揭发阮大铖，表示："但知为国除奸，不惜以身贾祸。"崇祯十七年(1644)清兵攻占北京，福王朱由崧在南京建立弘光政权。阮大铖重上政治舞台，黄宗羲被捕。第二年弘光政权覆亡，黄宗羲返回浙东。五月十二日，宁波倡义抗清。六月九日，孙嘉绩、熊汝霖在余姚起义。黄宗羲与兄弟黄宗炎在家乡黄竹浦成立抗清武装"世忠营"。闰六月，浙东义军在绍兴拥立鲁王朱以海。但由于鲁王政权中的实权人物腐败无能，清兵步步进逼，战局严重恶化。黄宗羲曾率部五百余人进四明山安营扎寨，耕种自给。但局势已无法挽回。顺治七年(1650),清兵围攻四明大岚山,义军失败。第二年鲁王政权覆灭。黄宗羲作为义军领导者经历了艰苦的岁月。如他自己所说的:“自北兵南下,悬书购余者二,名捕者一,守围城者一,以谋反告讦者二三,绝气沙墠者一昼夜,其他连染逻哨之所及,无岁无之,可谓濒于十死者矣。”(《怪说》)

清政府通过武力镇压与政治劝诱,逐步稳定了政局。至康熙年间,国基巩固,社会走向安定与发展。黄宗羲人生道路的最后三十年是在家乡以潜心著述、讲学授业度过的。他是当时极有名望的学者。康熙六年(1667),黄宗羲恢复了他的老师刘宗周主持过的证人书院,在此多次讲学。并多次应邀到宁波、海昌、石门等地讲学。他善于为学生指引研究学问的道路,反对当时不读书、专事空谈的坏学风,严格要求学生必须以六经为根柢。二十余年间拜他为师的学生多达一百多人,其中不少成为名人,如万斯同是史学家,万斯大是经学家,阎若璩是考据学家,查慎行是文学家。康熙七年(1668)诏征博学鸿儒,有人推荐黄宗羲。由门生陈锡嘏力辞。两年后,康熙帝又命两江总督和巡抚礼聘,黄宗羲以为母守丧、年老多病为由推辞。十年后,康熙帝又想召请黄宗羲进京备顾问。由大臣徐乾学婉辞。康熙帝是清代有雄才大略的君主,他尊重黄宗羲的意愿,曾特旨:凡黄宗羲的论著与他搜集的明代史料,均由地方官抄录,送交史馆,征其书而不征其人。由于民族矛盾逐渐缓和,多民族国家统一的大趋势已经明显。因而黄宗羲虽终其一生拒不仕清,但他对清政府采取了比较现实的态度。他曾应县令许酉山的邀请,去海宁讲学五年。他支持弟子万斯同,以布衣身份参加编纂《明史》,后又让儿子黄百家参加修《明史》。为保存有明一代文献作出了贡献。

在讲学的同时,黄宗羲还尽力于著述。他严格规定了每天必须读完的卷数,不读完,就不睡觉,无论寒冬、严暑,他都端坐桌前,挥笔写作。他的著作,据初步统计有一千三百余卷。他辑《明史案》二百四十四卷,选编《明文案》二百一十七卷。又在《明文案》基础上扩充为《明文海》四百八十二卷。他广泛搜集借阅抄录,足迹遍东南。康熙十二年(1673),他访宁波范氏天一阁。康熙二十二年(1683)他以七十四岁高龄,还访昆山徐乾学传是

楼,查阅三百余种文集。

黄宗羲最重要的著作是《明夷待访录》。该书明确地提出了“天下为主,君为客”的论点,把“天下”当做“万民”之天下,认为官吏应该对天下万民负责,并非对君主负责,君臣关系绝非主奴关系,而是分工合作的关系,君主独裁是极端有害的。他还主张立法,他指出:“后之人主……其所谓法者,一家之法,而非天下之法也。”这种“法”是“非法之法”,他要建立的“法”是“天下之法”,“贵不在朝廷也,贱不在草莽也”,是保护“万民之法”。这部《明夷待访录》,是黄宗羲在明亡后通过历史的批判而提出的理想政治的纲领。它的可贵之处在于作者已从东林、复社与抗清志士的立场上,大步跨前,在许多方面突破封建主义的藩篱,反映了在中国发展资本主义、实行改革的要求。《待访录》中多次提到恢复三代之盛,实际上是借此描画自己的理想国。

黄宗羲的另一项重要学术成就是编写宋、元、明三朝学术思想史——他称之为“学案”。康熙十五年(1676)他先完成《明儒学案》。他论学以王守仁、刘宗周为宗师,但他对每个学派都作了客观的评述,用发展的眼光考察明代学术思想的演变。继

《明儒学案》后，他即着手撰著《宋元学案》，自己完成十七卷，后由儿子黄百家、后学全祖望等相继续修成书。他晚年还潜心于哲学的思考研究，除在《明儒学案》及未完成的《宋元学案》中，通过评述各家学说阐明自己的学术观点外，还写了《历学象数论》、《孟子师说》等著作。他反对服务于官方的程朱理学，接受王守仁、刘宗周的学说，又吸收宋人张载的理论，对王、刘之学有所突破，从而反对空疏之学，提倡“经世致用”。

黄宗羲对自然科学的研究也有较大成就。他的研究涉及天文、地理、数学、乐律、医学等方面，在天文学方面，他支持徐光启的《崇祯历书》。他的《今水经》等地理著作，把实地考察作为论述的基础，因此做到“穷源按脉，庶免空言”，具有真正的科学价值。

在人们的心目中，黄宗羲的学术成就，往往掩盖了他的文学成就。其实，他为我们留下了大量的诗文。这些诗文，是中国文学史上又一笔宝贵的遗产。黄氏的文学观点从根本上说是继承韩愈的“不平则鸣”说。他反对明代前后七子的“文必秦汉，诗必盛唐”的复古主义，他痛斥妄自标榜秦汉唐宋、分门别户的倾向。他也批评竟陵、公安的独抒性灵的主张，他认为性情应是作者的真情流露。重要的是作者要成为“学道之君子”，“人非流俗之人，而后其文非流俗之文”。明清之际和宋元废兴相仿，是汉民族“厄运危时”。黄宗羲的“至文”，正是元气受到压抑，迸发而出所成，是他的全人格的体现。

他的议论文雄视今古，立论卓绝，说理透辟，有严密的逻辑和高度的概括力，不仅在中国思想史上，而且在中国文章史上也有很高的地位。他的记叙文则表彰明季忠义，为中国文学塑造了张苍水、钱肃乐、孙嘉绩、刘宗周等一个个崇高的形象，同时也总结明代文臣不习武、武人跋扈、大权旁落的历史教训。他还为草泽遗民、义士畸人立传。无论复社陈定生、布衣陆周明、有武功的王征南、普济众囚的澹斋僧、能工巧匠张南垣、说书艺人柳敬亭等等，都一一刻画，使他们栩栩如生。

黄宗羲认为，诗也是和史联系在一起的。他提出以诗记史、以诗补史的主张，因而结集所作诗篇就定名为“诗历”。他的特殊生活经历，使他的诗作蒙上了一层悲愤不平之气，无论在述怀、写景、叙事、怀古、交游各类诗中，他都抒发了这种感情。他的诗作在清初诗坛上独树一帜，康熙中期形成的浙派诗，崇尚宋诗传统实在是开源于黄宗羲。

本书选译黄宗羲的文十六篇，诗三十首。内容过于深奥者不选，长篇巨著不选。

黄宗羲诗文的版本很多，有《南雷杂著稿真迹》，1989年已由浙江古籍出版社影印。有《南雷文案》十卷附外卷一卷，是黄宗羲于清康熙十九年(1680)七十一岁时自选其作的十分之二三编刻；两年后又编《吾悔集》四卷，又名《南雷续文案》，其后学人杨中默编次《撰杖集》，又名《南雷文案三刻》。清康熙二十七年(1688)黄宗羲七十九岁时，将已刻文稿勾除其不必存者三分之一，并亲自点定，成《南雷文定前集》十一卷、《后集》四卷、《附录》一卷；其后门人戴曾、戴晟校订《南雷文定三集》三卷；杨开源校订《南雷文定四集》四卷，均于黄氏生前刊行；黄氏卒后，其子百家校录其八十三岁以后之文，成《南雷文定五集》三卷、《附录》一卷。各集所载，有异有同。本书原文依据的底本，文依次为《南雷杂著稿真迹》(浙江古籍影印本)、《南雷文案》三种(用《四部丛刊》的《南雷集》本)、《南雷文定》(前三集用《丛书集成》本、四集用景姚山房本、五集用藜照庐从书本）。所谓“依次”，即稿本中没有的文章，用《文案》本；《文案》也没有的，用《文定》本。《南雷诗历》原刻本为四卷，前三卷由门人施敬校刻，末卷由戴曾、戴晟校刻，后世印本遂有四卷本、三卷本，还有全祖望编选、郑大节校刻的五卷本。因此，诗原文依据的底本依次为《四部丛刊》影印的三卷本，《梨洲遗著丛刊》的四卷本，二老阁刻的五卷本。底本有误者则据他本径改。

本书碑传文部分（除《柳敬亭传》）由卢敦基执笔，其他均由平慧善执笔，全书由平慧善统稿。

平慧善（浙江大学人文学院中文系）
卢敦基（浙江省社科院文学研究所）

文

原　君[1]

《原君》是黄宗羲的政论专著《明夷待访录》的第一篇。全文主旨是推究君主制的历史发展过程，从君主与臣民的关系角度批判君主制的危害。首先阐述君主制的起源，说明古代君主是为天下兴利除害；接着批判后代君主"视天下为莫大之产业"，为了一己之私利，屠毒天下之肝脑，敲剥天下之骨髓；继之批判小儒盲目忠君的谬论，指出"岂天地之大，于兆人万姓之中，独私其一人一姓乎"？最后就君主本身的利害得失分析君主制的必然废除。在黄宗羲之前，中

① 原：推原，推求。

国没有一个思想家敢于向君主权力本身提出质问。所以这篇文章对清末改良派和资产阶级民主革命的先驱者曾产生过巨大的影响。

有生之初，人各自私也，人各自利也①，天下有公利而莫或兴之，有公害而莫或除之。有人者出，不以一己之利为利，而使天下受其利；不以一己之害为害，而使天下释其害：此其人之勤劳必千万于天下之人。夫以千万倍之勤劳，而己又不享其利，必非天下之人情所欲居也。故古之人君，量而不欲入者②，许由、务光是也③；入而又去之者，尧、舜是也；初不欲入而不得去者，禹是也。岂古之人有所异哉？好逸恶劳，亦犹夫人之情也。

后之为人君者不然，以为天下利害之权皆出于我，我以天下之利尽归于己，以天下之害尽归于人，亦无不

---

①“有生”三句：有生，有生民，指有人类。人类社会开始时，生产力低下，求生艰难，人各自私其所获之物，各自利其求生之术。文中“自私”、“自利”就是各自占有，各自享用的意思，与今人的“自私自利”含义不同。②量：估量。入：意谓就位，指为君。③许由、务光：传说中上古时的高士。相传尧要把君位让给许由，他逃到箕山下，农耕而食；要他做九州长官，他便到颍水边洗耳朵，表示高洁。汤要让君位给务光，务光便负石自沉于庐水。

可。使天下之人不敢自私，不敢自利，以我之大私为天下之大公。始而惭焉，久而安焉，视天下为莫大之产业，传之子孙，受享无穷。汉高帝所谓“某业所就，孰与仲多”者[1]，其逐利之情，不觉溢之于辞矣。此无他，古者以天下为主，君为客，凡君之所毕世而经营者，为天下也；今也以君为主，天下为客，凡天下之无地而得安宁者，为君也。是以其未得之也，屠毒天下之肝脑[2]，离散天下之子女，以博我一人之产业，曾不惨然[3]，曰：“我固为子孙创业也。”其既得之也，敲剥天下之骨髓，离散天下之子女，以奉我一人之淫乐，视为当然，曰：“此我产业之花息也。”然则为天下之大害者，君而已矣。向使无君，人各得自私也，人各得自利也。呜乎！岂设君之道固如是乎？

古者，天下之人爱戴其君，比之如父，拟之如天，诚不为过也；今也，天下之人怨恶其君[4]，视之如寇仇[5]，名

---

① “汉高帝”二句：汉高祖在得天下后，在未央宫前殿大宴群臣，在为太上皇敬酒祝寿时说：“始，大人常以臣无赖，不能治产业，不如仲力。今某之业所就，孰与仲多？”仲，旧时兄弟排行，“仲”为老二。此指汉高祖的二哥。 ② 屠：屠宰。毒：毒害。肝脑：喻生命。 ③ 曾：乃，竟。 ④ 恶（wù务）：憎恨。 ⑤ 寇仇：强盗，仇敌。《孟子·离娄下》说：“君之视臣如土芥，则臣视君如寇仇。”

之为独夫①，固其所也②。而小儒规规焉以君臣之义无所逃于天地之间③，至桀纣之暴，犹谓汤武不当诛之，而妄传伯夷、叔齐无稽之事④，使兆人万姓崩溃之血肉⑤，曾不异夫腐鼠⑥。岂天地之大，于兆人万姓之中，独私其一人一姓乎？是故武王，圣人也，孟子之言⑦，圣人之言也。后世之君，欲以如父如天之空名，禁人之窥伺者，皆

---

① 独夫：指暴虐无道、众叛亲离的君主，也就是《孟子·梁惠王下》所说的"一夫"。 ② 所：合适。 ③ 小儒：意指不能变通、死守儒家教义的读书人，此指宋以后宣扬君臣之义的理学家。规规焉：拘谨呆板貌。君臣之义：《庄子·人间世》"仲尼曰：'臣之事君，义也，无适而非君也，无所逃于天地之间。'" ④"而妄"句：《史记·伯夷列传》说，伯夷、叔齐是商末孤竹君的儿子，因让王位而投奔周。到周后，以为周武王伐纣是以臣反君，在马前劝阻。武王灭商后，他们逃到首阳山，不食周粟而亡。作者认为在汉以前没有伯夷、叔齐叩马而谏的说法，是后世儒者编造出来的无稽之谈。 ⑤ 兆：一百万为一兆。古人还有一万万为亿，一万亿为兆的说法。 ⑥ 曾：语气词，与乃、则通。 ⑦ 孟子之言：指孟子关于"诛一夫"的言论。《孟子·梁惠王下》载孟子见齐宣王，"齐宣王问曰：'汤放桀，武王伐纣，有诸？'孟子对曰：'于传有之。'曰：'臣弑其君可乎？'曰：'贼仁者谓之贼，贼义者谓残。残贼之人，谓之一夫。闻诛一夫纣矣，未闻弑君也。'"

不便于其言，至废《孟子》而不立[①]，非导源于小儒乎？

虽然，使后之为君者，果能保此产业，传之无穷，亦无怪乎其私之也。既以产业视之，人之欲得产业，谁不如我？摄缄縢，固扃鐍[②]，一人之智力，不能胜天下欲得之者之众。远者数世，近者及身，其血肉之崩溃在其子孙矣。昔人愿世世无生帝王家[③]，而毅宗之语公主，亦曰："若何为生我家[④]！"痛哉斯言！回思创业时，其欲得天下之心，有不废然摧沮者乎[⑤]？

是故，明乎为君之职分，则唐、虞之世，人人能让，许

---

① "至废"句：明太祖读《孟子》，见"民为贵，社稷次之，君为轻"之说，便下诏停止孟子从祀孔庙；后又下诏编《孟子节文》，凡书中含有"民贵君轻"等思想的章节，均予删除。
② "摄缄"二句：出自《庄子·胠箧》。其中说，为了防备盗贼偷盗箱柜，"则必摄缄縢，固扃鐍，此世俗之所谓知也，然而巨盗至，则负匮揭箧担囊而趋，唯恐缄縢扃鐍之不固也。"摄：紧收。缄：结。縢（téng 藤）：绳束。扃（jiōng 炯阴平）：关纽。鐍（jué 决）：锁钥。 ③ "昔人"句：指"昔人"的誓言。昔人，如宋顺帝和隋恭帝。据《南史·王敬则传》载，南朝宋顺帝被齐萧道成逼迫退位，出宫时哭着说："惟愿后身生生世世不复天王作因缘。"隋恭帝杨侗被王世充逼迫时，祝告说："愿自今以后，勿复生帝王家。" ④ "而毅宗"二句：见《明史·公主列传》。传载崇祯帝在李自成攻进北京后，挥剑砍杀他的女儿长平公主时，说："汝奈何生我家？"毅宗：南明弘光帝给崇祯帝的谥号。 ⑤ 废然摧沮：沮丧失望的样子。

由、务光非绝尘也；不明乎为君之职分，则市井之间，人人可欲，许由、务光所以旷后世而不闻也①。然君之职分难明，以俄顷淫乐不易无穷之悲，虽愚者亦明之矣。

【翻译】

开始有人类的时候，人人各自私，也各自利，天下有公利而没有人去兴办，天下有公害而没有人去清除。有这样的人出来，不以个人的利为利，而使天下都受其利；不以个人的害为害，而使天下都避免害：这种人的勤劳一定千万倍于天下人。付出千万倍的勤劳，而自己又不享受其利，肯定不是人情之所愿处的。所以古人对君主这个位置，估量以后不愿就的，许由、务光就是；就后又辞去的，尧、舜就是；开始不想就后来又不能辞去的，禹就是。难道古人有什么奇异？好逸恶劳，也还是人之常情。

后代做君主的人就不再是这样，以为天下利害的权柄都操纵在自己的手里，把天下的利都归于自己，把天下的害都归于他人，也没有什么不可以。使天下的人不敢自私，不敢自利，把我的大私当做天下的大公。开始时对此还有些羞惭，时间长了便心安理得，把天下看做

① 旷：旷绝。意为许由、务光这样的人在后代已绝迹。

自己莫大的产业，传给子孙，让子子孙孙无穷尽地享受。汉高祖所说“我事业上的成就，与二哥相比谁多”的话，那追逐私利的情态，已不自觉地从言语中流露出来了。这没有别的，只是因为古时候把天下看做主，把君主看做客，君主毕生经营的是为了天下；而如今是把君主看做主，把天下看做客，天下之所以没有一个地方能够安宁，就是因为有了君主。所以在他们没有得到天下时，便屠害天下人的生命，离散天下人的子女，来换取我一人的产业，竟然从不感到残酷，说：“我本是为子孙创业。”在他得到天下后，敲剥天下人的骨髓，离散天下人的子女，来满足我一人的淫乐，看做理所当然，说：“这是我产业所生的利息。”这样看来，天下最大的祸害就是君主了。假若没有君主，人们就各得自私，各得自利。唉！难道设置君主本来就是为了这个吗？

古时候，天下的人爱戴君主，把他比做父，比做天，实在不算过分；现在呢，天下的人憎恨他们的君主，把他看做寇仇，称他做独夫，也是理所当然。而那些小儒却死板地把所谓君臣的关系说成天地之间不能一刻不讲的东西，甚至像桀、纣这样的暴君，还说商汤、周武王不应该诛杀他们，并且荒唐地传播出伯夷、叔齐的无稽之谈，把兆人万姓崩溃的血肉，看得和腐烂的死老鼠没有什么不同。难道天地之大，在兆人万姓之中，只应偏私一人一姓吗？所以周武王是圣人，孟子说的“闻诛一夫纣矣”的话，是圣人的言论。后代的君主，想用君等于父、等于天的空话，来禁止天下人窥伺君位，都以为孟子的言论不合宜，乃至废掉《孟子》不立于学官，这不都是导源于那些小儒吗？

虽然如此，假使后世的君主，真能保有这个产业而世代相传，永无穷尽，也就无怪乎他们把天下当做私产了。既然把天下看做产业，那么，别人想得产业之心谁不像我一样？尽管用绳捆牢，用锁锁住，一个人的智力，总敌不过天下想取得这产业的人多。这样一来，远的传上几代，近的在自己手里就灭亡，血肉崩溃的结局就落在他的子孙身上了。从前有人发愿世世都不要生在帝王家，而毅宗也对公主说：“你为什么生在我家！”太令人痛心啊，这样的话！回想创业之时，那种想要取得天下的心情，有不灰心沮丧的吗？

因此，明白了君主的职责，那么在唐尧、虞舜的时代，人人都能辞让，许由、务光并非超绝尘寰；不明白君主的职责，那么在市井间，人人都可以有这种欲望，这也就是许由、务光这样的人在后世再也听不到的原因。尽管君主的职责很难使人明白，但不能用短暂的淫乐来换取无穷的悲哀，这样的道理即使愚笨的人也能明白啊。

原　法

本文也选自《明夷待访录》。文中有三个主要论点：一是夏、商、周三代以上，立法者“未尝为一己而立”，三代之法是为天下，法愈疏而乱愈不作，是“无法之法”。二是三代以下，君主为自己的私利立法，“此其法何曾有一毫为天下之心哉！而亦可谓之法乎？”三是论述“治法”与“治人”的关系，提出“有治法而后有治人”，肯定法的好坏对政治是有反作用的。它和《原君》都是揭露批判君主制度的大文章。

三代以上有法，三代以下无法。何以言之？二帝三王知天下之不可无养也①，为之授田以耕之；知天下之不可无衣也，为之授地以桑麻之；知天下之不可无教也，为之学校以兴之，为之婚姻之礼以防其淫，为之卒乘之赋以防其乱②。此三代以上之法也，固未尝为一己而立也。后之人主既得天下，唯恐其祚命之不长也③，子孙之不能保有也，思患于未然以为之法。然则其所谓法者，一家之法，而非天下之法也。是故秦变封建而为郡县④，以郡县得私于我也；汉建庶孽⑤，以其可以藩屏于我也⑥；宋

① 二帝：指尧、舜。三王：指夏禹、商汤、周文王和周武王。 ② 卒乘之赋：意为征集士卒与兵车。卒：士兵。乘：兵车。赋：古时按田赋出兵，故称兵为赋。 ③ 祚命：国家的命运，政权的命运。祚是皇位、国统。 ④ 封建：指我国古代分封制，古代帝王把爵位、土地赐给诸侯，在封土内诸侯建立邦国，并可世袭传给儿子。秦始皇并吞六国统一境内后，废除封建制，而实行郡县制，即在全国设立三十六郡，下设县，郡县长官均由中央任命，建立了中央集权。 ⑤ 庶孽：庶，众；孽通“蘖”，树木的分枝，引申为庶子的意思。皇后生的儿子为嫡子，妃嫔生的儿子为庶子。汉高祖统一天下后，封建制与郡县制并行，分封同姓诸侯，目的是利用亲族保卫王室。 ⑥ 藩屏：藩，藩篱；屏，宫门内当门的小墙。引申为屏障，保卫的意思。

解方镇之权[1]，以方镇之不利于我也。此其法何曾有一毫为天下之心哉！而亦可谓之法乎？

三代之法，藏天下于天下者也[2]：山泽之利不必其尽取，刑赏之权不疑其旁落。贵不在朝廷也，贱不在草莽也。在后世方议其法之疏。而天下之人不见上之可欲，不见下之可恶，法愈疏而乱愈不作，所谓无法之法也。后世之法，藏天下于筐箧者也[3]：利不欲其遗于下，福必欲其敛于上；用一人焉则疑其自私，而又用一人以制其私；行一事焉则虑其可欺，而又设一事以防其欺。天下之人共知其筐箧之所在，吾亦鳃鳃然日唯筐箧之是虞[4]，故其法不得不密。法愈密而天下之乱即生于法之中，所谓非法之法也。

论者谓一代有一代之法，子孙以法祖为孝。夫非法之法，前王不胜其利欲之私以创之，后王或不胜其利欲

---

① 方镇：指掌握一方军政大权的节度使，开始设置于唐代，大者管十几个州，小者数州，逐渐成为地方割据势力。北宋赵匡胤吸取唐亡的教训，解除了节度使的实权。 ② 藏天下于天下：意为公天下，语出《庄子·大宗师》："若夫藏天下于天下而不得所遁。" ③ 藏天下于筐箧：化用《晏子春秋·内篇杂下》："厚取之君而不施于民，是为筐箧之藏也"语意。筐箧是盛物的竹器，比喻私天下。 ④ 鳃鳃（xǐ 喜）然：恐惧，忧惧貌。虞：忧虑。

之私以坏之；坏之者固足以害天下，其创之者亦未始非害天下者也。乃必欲周旋于此胶彼漆之中①，以博宪章之余名②，此俗儒之剿说也③。即论者谓天下之治乱不系于法之存亡。夫古今之变，至秦而一尽，至元而又一尽。经此二尽之后，古圣王之所恻隐爱人而经营者荡然无具，苟非为之远思深览，一一通变，以复井田、封建、学校、卒乘之旧，虽小小更革，生民之戚戚终无已时也。即论者谓有治人无治法④。吾以谓有治法而后有治人。自非法之法桎梏天下人之手足⑤，即有能治之人，终不胜其牵挽嫌疑之顾盼，有所设施，亦就其分之所得，安于苟简，而不能有度外之功名⑥。使先王之法而在，莫不有法外之意存乎其间。其人是也，则可以无不行之意；其人非也，亦不至深刻罗网⑦，反害天下。故曰有治法而后有治人。

---

① 此胶彼漆：比喻拘泥各种祖宗成法。 ② 宪章：效法。《礼记·中庸》："仲尼祖述尧舜，宪章文武。" ③ 剿说：意为抄袭别人的言论。《礼记·曲礼上》注"剿说"："谓取人之说以为己说。" ④ 有治人无治法：意即认为治理天下主要依靠善于治理的人，而不能靠好的法度。 ⑤ 桎梏（zhì gù 至固）：脚镣手铐，引申为束缚的意思。 ⑥ 度外：法度以外。度外之功名，指脱离法度束缚而取得的治绩。 ⑦ 深刻：法度深严苛刻。罗网：罗织。

祖怒曰:“朕固不为迁官,卿若之何?”普曰:“刑以惩恶,赏以酬功,古今通道也。且刑赏天下之刑赏,非陛下之刑赏,岂得以喜怒专之?”太祖怒甚,起,普亦随之。太祖入宫,普立于宫门,久之不去,竟得俞允。

太宗入弭(mǐ 米)德超之谗①,疑曹彬不轨②,属普再相,为彬辨雪保证,事状明白。太宗叹曰:“朕听断不明,几误国事。”即日窜逐德超,遇彬如旧。

祖吉守郡为奸利,事觉下狱,案劾(hé 核),爰(yuán 元)书未具。郊礼将近③,太宗疾其贪墨,遣中使谕旨执政曰:“郊赦可特勿贷祖吉④。”普奏曰:“败官抵罪,宜正刑辟。然国家卜郊肆类,对越天地,告于神明,奈何以吉而隳(huī 灰)陛下赦令哉?”太宗善其言,乃止。

真宗咸平初⑤,追封韩王。

(《宋史》卷二五六)

【翻译】

赵普,字则平,幽州蓟县人。后唐时期,因为幽州节

---

① 弭德超:当时任镇州驻泊都监、酒坊使。② 曹彬:当时任枢密使。③ 郊礼:即郊祀,古代祭祀,在郊外祭祀天地。④ 郊赦:郊祀时,一般都要发布赦令,赦免罪犯。⑤ 咸平:宋真宗年号。

度使赵德钧连年用兵，人民生计困苦，因此，赵普的父亲赵回率领全族迁到了常山，后来又迁居到河南洛阳。赵普性格深沉厚重，不爱说话，镇阳有一个姓魏的豪强大族之家，把女儿嫁给了他。

后周显德初年(954)，永兴军节度使刘词征召赵普为从事。刘词临死时，又留下表章，向朝廷推荐赵普。后来当周世宗进兵攻打南唐的淮南地区，太祖攻下滁州后，宰相范质又上奏，推荐赵普担任滁州军事判官。宣祖在滁州生病，卧床不起，赵普每天早晚都为他送上药物，精心服侍。宣祖从此以同族的情分对待赵普。太祖曾经和赵普交谈，对他的见解感到惊奇赞叹。当时地方官捉到一百多个强盗，按照规定，应该在闹市处死并暴尸街头，赵普怀疑其中有无辜的人，报告太祖后又进行了一次复审，保全了许多无罪者的生命。淮南平定后，赵普调到渭州担任军事判官。太祖担任同州节度使时，征召他为推官；太祖改任宋州节度使后，向朝廷上书，任命赵普为掌书记。

显德七年(960)，太祖率军北征契丹。部队到达陈桥驿后，太祖喝醉了酒睡在营帐中。军士们要拥戴太祖当皇帝，赵普与太宗便推门直入帐中，将此事告知太祖。当太祖打着呵欠慢慢起来时，军士们都穿着盔甲，高举兵器，大声欢呼着将他簇拥到统帅旗下。待到太祖登上在，就无不有法外之意存在于其间，如果官吏是合适的人选，就可以做到没有不能执行的境地；如果官吏不好，也不至于用苛细的法律条文去罗织罪名，反而危害天下。所以说有治理的法然后才有治理的人。

明儒学案序（改本）

《明儒学案》是一部全面、系统论述明代儒学的专著，按每个重要的学派立一个学案的原则，全书六十二卷立了十九个学案，论述学者二百多位。南宋以后，程朱理学成为官方哲学，对程朱稍有异议，就被视为离经叛道。黄宗羲在序文中却认为“心有万殊”，学术也有万殊，“学术之不同，正以见道体之无尽”。否则，学术将成为毫无价值的东西。他强调把握宗旨，辨别源流，提倡创见，在当时能这么做是很不容易的。

盈天地皆心也[1]。人与天地万物为一体，故穷天地万物之理，即在吾心之中。后之学者，错会前贤之意，以为此理悬空于天地万物之间，吾从而穷之，不几于义外乎[2]？此处一差，则万殊不能归一。夫苟工夫著到，不离此心，则万殊总为一致。学术之不同，正以见道体之无

① 盈天地皆心：这是黄宗羲继承陆（象山）、王（阳明）"心学"流派的理论观点。陆认为"宇宙便是吾心，吾心即是宇宙"。王进一步发挥，认为"心的本体无所不该"，一切都是从心派生出来的，"心外无物"、"心外无理"、"心外无事"。 ②"后之"五句：这是对"后之学者"哲学基本理论的概括与评价。后之学者，指宋代的程颐、朱熹。他们创立了理学体系，是客观唯心论的体系，与主观唯心论的心学体系是壁垒分明的两个流派。朱、陆两人都讲"理"，但朱熹认为"理"是先天地万物存在的本体，天地万物都是禀"理"而生的，"心"亦是"天理"的体现。陆则认为"心"即"理"，人的认识只需通过"切己自反"、内检省察的工夫，无用"外求"。两派是唯心主义内部的学派之争。黄宗羲曾说："二先生同植纲常，同扶名教。"其子黄百家说："二先生立教不同，然如诏入室者，虽东西异户，及至室中，则一也。"（见《宋元学案》五十八）

尽。即如圣门，师、商之论交，游、夏之论教①，何曾归一？终不可谓此是而彼非也。奈何今之君子，必欲出于一途，剿其成说，以衡量古今。稍有异同，即诋之为离经叛道。时风众势，不免为黄茅白苇之归耳②。

夫道犹海也，江、淮、河、汉以至泾、渭、蹄涔③，莫不昼夜曲折以趋之。其各自为水者，至于海而为一水矣。使为海若者汰然自喜曰④："咨尔诸水，导源而来，不有缓急平险清浊远近之殊乎？不可谓尽吾之族类也，盍各返

① "师、商"二句：其事见《论语·子张》。师，即颛孙师，字子张。商，即卜商，字子夏。他们都是孔子弟子。《论语·子张》载有两人对交友的不同主张，卜商认为好者相交，不好者拒之。颛孙师认为卜商太狭隘，君子尊重贤者，而又能容纳众人，赞许善者而同情弱者；假若我是大贤，对人无所不容，我是不贤的，人们将拒绝我，又何必我拒绝人，故应广容众人。游，即言偃，字子游，也是孔子学生，主张用礼乐教化百姓。故他为武城宰时，城市充满弦歌之声。在《论语·子张》中记载子游批评子夏之教，说子夏的弟子在洒扫应对进退上是可以的，但这只是末节，而在推究根本方面子夏却没有教导。子夏闻悉后说，子游的话太过分了，他认为传授要根据弟子领会程度的深浅，先以小者近者如洒扫、应对、进退传授，后以大者远者如君子之道教之，教化是有始有终的。 ② 黄茅白苇：黄的茅草，白的芦苇，比喻无建树、随风倒。 ③ 蹄涔（cén 岑）：兽蹄迹中的积水，形容水量极少。涔，雨水。 ④ 海若：神话中的海神名字。

尔故处①。”如是则不待尾闾之泄②，而蓬莱有清浅之患矣。今之好同恶异者，何以异是？

有明事功文章，未必能越前代③，至于讲学，余妄谓过之。诸先生学不一途，师门宗旨或析之为数家，终身学术每久之而一变。二氏之学，朱、程辟之未必廓如④，而明儒身入其中，轩豁呈露⑤，医家倒仓之法也⑥。诸先生不肯以朦瞳精神冒人糟粕⑦，虽或浅深详略之不同，要不可谓无见于道者也。余于是分其宗旨，别其源流，与同门姜定庵、董无休撮其大要⑧，以著于篇，听学者从而自择。中衢之罇⑨，持瓦瓯樿杓而往⑩，无不满腹而去

① 盍（hé 何）：何不。 ② 尾闾：神话中海水从这里漏走。《庄子·秋水》：“天下之水莫大于海，万川归之，不知何时止而不盈；尾闾泄之，不知何时已而不虚。” ③ 事功：做事的功劳，或事业、功绩。 ④ 辟：排除。廓如：廓清。⑤ 轩豁：开朗。 ⑥ 倒仓之法：中医治疗肠胃积滞的方法，所谓“肠胃为市，以其无物不有，而谷为最多，故曰仓。仓，积谷之室也。倒者，倾去积旧而涤濯使之洁净也。”（程充《丹溪先生心法》） ⑦ 朦瞳（tóng 童）：即懵懂，糊涂。 ⑧ 撮（cuō 搓）：摘取。 ⑨ 中衢：中央四通八达的道路。罇（zūn 尊）：酒器。⑩ 瓦瓯（ōu 欧）：瓦制的盆盂。樿杓（shàn sháo 善韶）：用白理木制作的杓。

者。汤潜庵曰①："《学案》宗旨杂越，苟善读之，未始非一贯也。"陈介眉曰②："《学案》如《王会图》③，洞心骇目，始见天王之大④，总括宇宙。"

书成于丙辰之后⑤，许酉山刻数卷而止，万贞一又刻之而未毕。壬申七月⑥，余病几革⑦。文字因缘，一切屏除。仇沧柱都中寓书⑧，言北地贾若水见《学案》而叹曰："此明室数百岁之书也，可听之埋没乎？"亡何，贾君死，其子醇庵承遗命刻之。嗟呼！余于贾君邈不相闻⑨，而

---

① 汤潜庵：汤斌，号潜庵，康熙时举博学鸿词，官至礼部尚书，工部尚书，治学兼综程、朱、陆、王之长，讲求实用，著有《洛学篇》、《汤子遗书》等。黄宗羲七十九岁时到吴门会晤汤斌，后汤对人称赞黄宗羲说："黄先生论学，如大禹导水导山，脉络分明，吾党之斗杓也。" ② 陈介眉：陈锡嘏，字介眉，浙江鄞县人，康熙进士，官至翰林院编修，以治经学著名，著有《兼山堂集》。 ③《王会图》："王会"原为《逸周书》篇名，记周武王时天下太平，诸侯朝见周天子，典礼极隆重，唐太宗时画家阎立本画四夷朝会，就取名为《王会图》。 ④ 天王：周人称周天子为天王，这里指中国的天子。 ⑤ 丙辰：康熙十五年(1676)，时黄宗羲六十七岁。 ⑥ 壬申：康熙三十一年(1692)，时黄宗羲八十三岁。本序即此年接到仇沧柱来函后作，因病由黄宗羲口授、季子黄主一记录。 ⑦ 革(jí 急)：通"亟"，危急。 ⑧ 仇沧柱：仇兆鳌，字沧柱，浙江鄞县人。康熙进士，官吏部右侍郎。少从黄宗羲游学，有盛名，著有《杜诗详注》等。 ⑨ 邈(miǎo 秒)：远。

精神所感，不异同室把臂。余则何能，顾贾君之所以续慧命者①，其功伟矣。

【翻译】

充满天地间的都是心，人和天地万物是一体，所以穷究天地万物的理，就存在于我的心里。后代的学者，领会错了前贤的意思，认为这理空悬在天地万物之间，我再从而去穷究，岂不等于把这个义当成是身外的东西了吗？在这里一错，千差万别就不能归之于一。反之，只要工夫做到，不离开这个心，那千差万别总归于一致。学术的不同，正可以看出道体的无穷尽。就如孔门弟子，颛孙师与卜商的论交友，子游与子夏的论教育，何曾归于一致？我们总不可说这位是那位非。怎么今天的君子，一定要出于一条道路，抄袭现成的东西用来衡量古今。稍许有些不同，就诋毁为离经叛道。这种风尚潮流，不免要归入黄茅白苇一类了。

道犹似大海，长江、淮水、黄河、汉水以至泾水、渭水和像兽蹄迹积水那样的小水，没有不白日黑夜曲曲折折流到大海里去的。他们原先是各别的水流，进入大海后

① 慧命：智慧之命。续慧命：指刊刻《明儒学案》，使各家学说保存下来，是续智慧之命。

就成为同一水了。假使海若泰然自喜地说："你们这些水流，从源头流过来，不是有缓急、平险、清浊、远近的不同吗？不能说全是我海水的族类，何不各自返回你们的老地方。"假若这样就不必等待尾闾来排泄，蓬莱神山周围的水就有枯浅掉的危险了。现在喜欢同、厌恶异的人，和这有什么不同？

明代的事业文章，未必能超过前代，至于讲学，我大胆地认为是超过了。各位先生的学问不出于一条道路；一个师门的宗旨又往往离析为几家，一生的学术往往过了好久会起变化。佛老之学，经朱熹、二程排斥也未必廓清，而明儒亲自进入其中，就使佛老的毛病彻底呈露，这是医家的所谓倒仓法。各位先生不肯糊糊涂涂地冒袭前人的糟粕，尽管各有深浅详略，大体上不能说是对于道无所窥见。我因此区分他们的宗旨，辨别他们的源流，和同学姜定庵、董无休摘取其中的要旨，著录在书里，听凭学者从中选择。就如摆在四通八达的大道上的酒罇，手持瓦盆木勺前往，没有不喝饱肚子而离开的。汤潜庵说："《学案》宗旨杂而出格，假若善于读它，未尝不是一以贯之的。"陈介眉说："《学案》如《王会图》，叫人看了惊心骇目，才知天王的伟大，能囊括宇宙。"

书写成在丙辰年之后，许酉山刻了几卷就中止了，万贞一又刊刻此书也没有刻完。壬申年七月里，我生病几乎死去，做文章的事情，一概排除。仇沧柱从京里寄信来，说北方有位贾若水看见《学案》赞叹说：“这是明代几百年的书啊，能听任它被埋没吗？”没有多久，贾君亡故，他的儿子醇庵继承父亲的遗命刊刻此书。唉！我与贾君相隔遥远，互不通闻，而精神感受，等于同室握手。我有什么才能，只是贾君之所以续慧命，功绩是很大的。

诗历题辞

本文是黄宗羲为自己的诗集《南雷诗历》所作的题辞。文中简述自己写诗的经历，对诗歌创作提出了三点主张：一是反对模仿盛唐，提出“诗非学之而致”。二是要求诗真实地表现一人的性情，天下的治乱。三是论述读书与作诗的关系，强调作诗不是参炼章句得到的，而要多读书，继承学统，特别是得其精神，增长才识，便自然能诗。这种观点在力矫明代诗文空疏之弊方面是有意义的，但将学统当做一切，从而对诗文的形式方面有所忽略，则不免偏颇。

余少学南中①，一时诗人如粤韩孟郁上柱、闽林茂之古度、黄明立居中、吴林若抚云凤，皆授以作诗之法。如何汉魏②，如何盛唐③，抑扬声调之间，规模不似，无以御其学力，裁其议论，便流入为中、晚，为宋、元矣④。余时颇领崖略⑤，妄相唱和⑥。稍长，经历变故，每视其前作，修辞琢句，非无与古人一二相合者，然嚼蜡了无余味⑦。明知久久学之，必无进益，故于风雅⑧，意绪阔略⑨。其间驴背篷底，茅店客位⑩，酒醒梦余，不容读书之处，间括

① 南中：南方，这里指南京。黄宗羲二十一岁在南京应天府经历署，与韩上柱的官署仅隔一墙，朝夕过从，上柱曾教他诗法；南中词人如汪逸、林古度、黄居中、林云凤、闵景贤都与作者契好。② 汉魏：指汉、魏时的古体诗。③ 盛唐：明高棅《唐诗品汇》划分唐诗为初、盛、中、晚四个时期，此后被沿用。盛唐是唐诗的全盛期，有王维、孟浩然为代表的山水诗派和以高适、岑参为代表的边塞诗派，李白、杜甫则是代表了盛唐诗歌的最高成就。④ 中、晚：指中唐诗歌与晚唐诗歌。中唐名家有韩愈、孟郊、元稹、白居易、李贺、刘禹锡、柳宗元、张籍、王建等人。晚唐诗歌成就最高的是杜牧和李商隐。宋、元：指宋诗、元诗。⑤ 崖略：犹粗略。崖，边际。略，粗略。⑥ 唱和(hè 贺)：互相作诗酬答。⑦ 嚼蜡：味如嚼蜡，即像嚼蜡一样毫无味道。⑧ 风雅：风，指《诗经》中的十五国风。雅，指《诗经》中的大雅、小雅。后以风雅指诗。⑨ 阔略：犹疏略。⑩ 驴背篷底，茅店客位：骑在驴背上，坐在船篷下，住在旅店，总的指在旅途中。

韵语①,以销永漏②,以破寂寥,则时有会心。然后知诗非学之而致③,盖多读书,则诗不期工而自工。若学诗以求其工,则必不可得。读经史百家④,则虽不见一诗而诗在其中。若只从大家之诗,章参句炼,而不通经史百家,终于僻固而狭陋耳。

夫诗之道甚大,一人之性情,天下之治乱,皆所藏纳。古今志士学人之心思愿力⑤,千变万化,各有至处,不必出于一途。今于上下数千年之中而必欲一之以唐,于唐数百年之中而必欲一之以盛唐。盛唐之诗岂其不佳,然盛唐之平奇浓淡,亦未尝归一,将又何所适从耶?是故论诗者但当辨其真伪⑥,不当拘以家数。若无王、孟、李、杜之学,徒借枕籍咀嚼之力以求其似⑦,盖未有不伪者也。一友以所作示余,余曰:"杜诗也。"友逊谢不敢当。余曰:"有杜诗,不知子之为诗者安在?"友茫然自失。此正伪之谓也!

余不学诗,然积数十年之久亦近千篇,乃尽行汰去,存其十之一二。师友既尽,孰定吾文?但按年而读之,

---

① 韵语:指诗,因作诗要押韵,所以这么说。 ② 永漏:长夜。永,长。漏,更漏。 ③ 学:指学习模仿。 ④ 百家:指诸子百家的书。 ⑤ 愿力:佛教指誓愿的力量,这里指人的心愿的力量。 ⑥ 伪:指诗的伪体,即不是有血肉情感的真诗。 ⑦ 枕(zhèn 阵)籍:同"枕藉",沉溺。咀嚼:体会、玩味。

横身苦趣，淋漓纸上，不可谓不逼真耳。

【翻译】

我年轻时在南京学习，当时的诗人如广东韩孟郁名上柱的、福建林茂之名古度的、黄明立名居中的、吴地林若抚名云凤的，都曾把作诗方法传授给我。怎样是汉魏，怎样是盛唐，如在抑扬顿挫声调之间，模仿得不像，无法驾驭学力，剪裁议论，就会流为中晚唐诗，为宋元诗了。我当时颇能领略大概，妄相唱和。年龄稍大后，经历了变故，每每看自己以前的诗作，觉得修饰词藻雕琢章句上，不是没有一两分和古人相合的，但总的讲，味同嚼蜡，一点没有味道。明知长久学下去，必定没有长进，所以对于作诗一事，就心绪淡漠了。其中在驴背上船篷下，在小旅店里，酒醒梦回，在不能读书的地方，有时搜括诗句，来消磨长夜，破除寂寥，这时倒常有所领会。然后知道诗不是光靠学就能行，大体讲要多读书，那作诗不求工而自然会工，假若想靠学来求工，那必定做不到。读经史百家，虽然看不到一首诗而诗就在其中。如果只在大名家的诗里，模拟章法锻炼字句，却不通经史百家，终于免不了狭僻固陋的毛病。

诗道很广，一人的性情，天下的治乱，都藏纳在其中。古往今来志士学人的心思愿力，千变万化，各有独到之处，不必出于一途。如今上下几千年中却一定要用唐诗来划一，在唐代几百年中又一定要用盛唐来划一。盛唐的诗不是不好，但是盛唐诗中或平或奇、或浓或淡，也未尝归于划一，那又将跟从哪一种呢？所以论诗的只应辨别它的真伪，而不应拘泥于家数派别。假若没有王维、孟浩然、李白、杜甫的学识，只是借助沉溺、玩味的工夫来求得相似，几乎没有不伪的。有一位朋友把他所写的给我看，我说："是杜诗。"朋友谦逊地辞谢说不敢当。我又说："有杜诗，但不知您的诗在哪里？"朋友听了，茫然若失。其实这正是所谓"伪"啊！

我没有很好学诗，但是积几十年之久也有近千首诗，于是尽量淘汰，留存十分之一二。老师朋友都已去世，谁能裁定我的文字？只是按年代先后读下去，置身苦趣之处，都淋漓尽致地展现在纸上，不可以说不逼真了。

天一阁藏书记[1]

天一阁是我国保存最古的、被誉为“江南书城”的藏书楼。黄宗羲曾往天一阁访书。本文作于康熙十八年己未(1679),全文围绕“读书难,藏书尤难,藏之久而不散。则难之难”的思想展开,逐层深入。特别是对藏久不散作重点阐发,历述其他东南著名藏书楼的遭遇,以突出天一阁之可贵。这是一篇记述我国明清藏书的重要文章,具有文献价值。

① 天一阁:在今浙江省宁波市,明嘉靖时范钦创建。到清乾隆后藏书逐渐散失,解放后经三十多年努力,藏书已达三十万卷,其中善本书达八万卷。

尝叹读书难，藏书尤难，藏之久而不散，则难之难矣。

自科举之学兴，士人抱兔园寒陋十数册故书①，崛起白屋之下②，取富贵而有余。读书者一生之精力，埋没敝纸渝墨之中③，相寻于寒苦而不足。每见其人有志读书，类有物以败之，故曰读书难。

藏书非好之与有力者不能。欧阳公曰④："凡物好之而有力，则无不至也。"二者正复难兼。杨东里少时贫不能致书⑤，欲得《史略释文十书直音》⑥，市直不过百钱，无以应，母夫人以所畜牝鸡易之，东里特识此事于书后。此诚好之矣，而于寻常之书犹无力也，况其他乎？有力者之好，多在狗马声色之间，稍清之而为奇器，再清之而为法书名画至矣。苟非尽捐狗马声色、字画、奇器之好，

① 兔园：唐杜嗣先撰《兔园册》三十卷，后流行于民间，嫁名于虞世南。旧时乡校塾师用来教授学童的启蒙读物。 ② 白屋：用茅草覆盖的屋，指没有做上官的读书人的住屋。 ③ 敝纸渝墨：指印得马虎的书，纸破烂，墨色浸染。渝，溢出的意思。 ④ 欧阳公：欧阳修。 ⑤ 杨东里：明杨士奇，仁宗、宣宗、真宗朝任大学士辅政，著有《东里集》。 ⑥《史略释文十书直音》：元人曾先之撰《十八史略》，自上古至宋而止，明初梁孟寅增加元代史事为《十九史略》，这《史略释文十书直音》当是明初人对曾书或梁书的注释本，因为是村俗初学读物，早已失传了。

则其好书也必不专。好之不专，亦无由知书之有易得有不易得也。强解事者以数百金捆载坊书，便称百城之富①，不可谓之好也。故曰藏书尤难。

归震川曰②："书之所聚，当有如金宝之气，卿云轮囷覆护其上③。"余独以为不然。古今书籍之厄，不可胜计。以余所见者言之。越中藏书之家，钮石溪世学楼其著也④。余见其小说家目录亦数百种，商氏之《稗海》皆从彼借刻⑤。崇祯庚午间⑥，其书初散，余仅从故书铺得十余部而已。

辛巳余在南中⑦，闻焦氏书欲卖⑧，急往讯之，不受

---

① 百城之富：意即富比王侯。《魏书·李谧传》："丈夫拥书万卷，何假南面百城。" ② 归震川：明代散文家归有光，号震川。 ③ 卿云："卿"通"庆"，古代象征吉祥的一种彩云。《史记·天官书》说："若烟非烟，郁郁纷纷，萧索轮囷，是谓卿云。"轮囷：屈曲貌。 ④ 钮石溪：钮纬，字仲文，号石溪，浙江会稽人，藏书处名世学楼。 ⑤ 商氏之《稗海》：是明商濬编刻的丛书，所收录的都是历代野史和唐宋笔记。 ⑥ 崇祯庚午：即崇祯三年(1630)，时作者二十一岁。 ⑦ 辛巳：崇祯十四年(1641)。南中：指今南京。 ⑧ 焦氏：指焦竑(hóng 洪)，字弱侯，号澹园，明江苏上元(今南京)人，官翰林院修撰，藏书都经校雠探讨，著述甚多。

奇零之值，二千金方得为售主。时冯邺仙官南纳言①，余以为书归邺仙犹归我也，邺仙大喜，及余归而不果。后来闻亦散去。

庚寅三月②，余访钱牧斋③，馆于绛云楼下④，因得翻其书籍，凡余之所欲见者无不在焉。牧斋约余为读书伴侣，闭关三年，余喜过望，方欲践约，而绛云一炬，收归东壁矣⑤。

歙溪郑氏丛桂堂⑥，亦藏书家也。辛丑在武林捃拾

① 冯邺（yè 夜）仙：冯元飙，别号邺仙，浙江慈溪人。南纳言：即南京通政使。明代通政使雅称纳言，明代北京的中央职官在南京也多数设有，故加一“南”字区别。 ② 庚寅：顺治七年（1650），作者四十一岁。 ③ 钱牧斋：钱谦益，号牧斋，崇祯时任礼部侍郎，明末清初的大诗人大作家，又是大藏书家。 ④ 绛云楼：钱谦益的藏书楼。钱交游满天下，得到刘凤等四藏书家的书，又不惜重金购买古本，因此所集几乎与内府相近，晚年将藏书重加缮治，区分类别，藏于绛云楼，大椟七十三，所收多宋、元版本。顺治七年冬，其幼女与乳母半夜在楼上嬉戏，剪烛不慎失火，楼与书均毁。 ⑤ 东壁：壁宿别名，二十八宿之一，旧说它“主文章”，是天下图书之秘府。收归东壁，也就是说收归天上，不再留在人间。 ⑥ 歙（shè 涉）溪：歙县，今安徽歙县。郑氏丛桂堂：未详。

《程雪楼》、《马石田集》数部①，其余都不可问。

甲辰馆语溪②，槜李高氏以书求售二千余③，大略皆抄本也，余劝吴孟举收之④。余在语溪三年，阅之殆遍，此书固他乡寒故也。

江右陈士业颇好藏书⑤，自言所积不甚寂寞。乙巳寄吊其家⑥，其子陈澍书来⑦，言兵火之后，故书之存者惟《熊勿轩》一集而已⑧。

---

① 辛丑：顺治十八年(1661)，作者五十二岁。武林：今浙江杭州。捃(jùn 郡)拾：拾取。《程雪楼》：即元程巨夫的《雪楼集》三十卷。《马石田集》：即马祖常的《石田集》十五卷。
② 甲辰：康熙三年(1664)，作者五十五岁。语溪：地名，属今浙江桐乡。 ③ 槜(zuì 醉)李：古地名，浙江嘉兴的别称。高氏：指高承埏，嘉兴人，崇祯进士，入清隐居不出，整日读书校勘，是学者，又是明末浙江著名的刻书家，其稽古堂藏书八十椟七万余卷。 ④ 吴孟举：吴之振，字孟举，浙江石门人，家中有名园黄叶山庄，爱好藏书，多秘本。 ⑤ 江右：本指长江下游以西的地区。此指江西。陈士业：陈弘绪，字士业，新建(今江西南昌)人。好藏书，顺治二年(1645)入山，车载所藏书不下几万卷。后为军队抢掠撕毁，数万卷书沦于一旦。 ⑥ 乙巳：康熙四年(1665)，作者五十六岁。 ⑦ 书：信。
⑧ 熊勿轩：宋熊禾，号勿轩，从朱熹门人学，宋亡后不仕，入武夷山讲读其中，著有《勿轩集》等。

语溪吕及父①，吴兴潘氏婿也②。言昭度欲改《宋史》，曾弗人、徐巨源草创而未就③，网罗宋室野史甚富，缄固十余簏在家④。约余往观，先以所改历志见示。未几而及父死矣，此愿未遂。不知至今如故否也？

祁氏旷园之书初庋家中⑤，不甚发视。余每借观，惟德公知其首尾⑥，按目录而取之，俄顷即得。乱后迁至化鹿寺，往往散见市肆。丙午⑦，余与书贾入山，翻阅三昼夜，余载十捆而出，经学近百种，稗官百十册，而宋、元文集已无存者，途中又为书贾窃去卫湜《礼记集说》、《东都

---

① 吕及父：及父是此人的字，其名及事迹均不详待考。② 潘氏：指明潘曾纮，字昭度，浙江吴兴人。崇祯间巡抚南赣，当崇祯征天下勤王时，他率兵赴京，因劳累死于军中。其藏书大都毁于明清之际。③ 曾弗人：曾异撰，字弗人，作诗古文有奇气，贫寒，性耿介。崇祯时中举，有《纺授堂集》。徐巨源：徐世溥，字巨源，年十六补明诸生，文名甚大，却屡败于乡试。入清不仕，有《榆溪集》。④ 簏（lù 鹿）：用竹子、柳条或藤编成的盛器。⑤ 祁氏：明祁承㸁，浙江山阴人。祁氏好藏书，旷园是他的别墅。其诸子中祁彪佳能继承他的事业，虽不及父亲之精，但利用藏书著《明曲品》和《明剧品》，很有价值。清兵南下后投水自尽，书遂散出。庋（guǐ 鬼）：收藏。⑥ 德公：当是祁承㸁的子弟辈，待考。首尾：从头到尾，究竟。⑦ 丙午：康熙五年（1666），时作者五十七岁。

事略》[1]。山中所存，唯举业讲章、各省志书，尚二大橱也。

丙辰至海盐[2]，胡孝辕考索精详[3]，意其家必有藏书，访其子令修，慨然发其故箧，亦有宋、元集十余种，然皆余所见者。孝辕笔记称引《姚牧庵集》[4]，令修亦言有其书，一时索之不能即得，余书则多残本矣。

吾邑孙月峰亦称藏书而无异本[5]，后归硕肤[6]。丙戌之乱[7]，为火所尽。余从邻家得其残缺《实录》，三分之一耳。

由此观之，是书者造物之所甚忌也，不特不覆护之，又从而灾害之如此。故曰藏之久而不散则难之难矣。

---

① 卫湜：宋人，汇集《礼记》诸家传说作《礼记集说》一百六十卷。《东都事略》：宋王称撰，记北宋九朝事迹，共一百三十卷。 ② 丙辰：康熙十五年（1676），时作者六十七岁。海盐：县名，今浙江海盐。 ③ 胡孝辕：明胡震亨，字孝辕。藏书万卷，多秘册异书，曾纂辑《唐音统签》，并刊刻丛书《秘册汇函》。 ④《姚牧庵集》：元姚燧，号牧庵，所撰《牧庵集》原本已佚，清乾隆时从《永乐大典》辑编《牧庵文集》三十六卷。 ⑤ 吾邑：指作者故乡余姚。异本：奇异罕见的书。孙月峰：孙鑛，字文融，号月峰，明万历时进士，官至南京兵部尚书。 ⑥ 硕肤：孙嘉绩字硕肤，崇祯进士，为抗清名臣。 ⑦ 丙戌之乱：即指顺治三年（1646）清兵南下，孙嘉绩等抗清的战火。

天一阁书，范司马所藏也①，从嘉靖至今盖已百五十年矣②，司马殁后，封闭甚严。癸丑余至甬上③，范友仲破戒引余登楼，悉发其藏。余取其流通未广者抄为书目，凡经、史、地志、类书、坊间易得者及时人之集、三式之书④，皆不在此列。余之无力，殆与东里少时伯仲，犹冀以暇日握管怀铅，拣卷小书短者抄之。友仲曰诺。荏苒七年⑤，未蹈前言。然余之书目遂为好事流传，昆山徐健庵使其门生誊写去者不知凡几⑥。友仲之子左垣乃并前所未列者重定一书目，介吾友王文三求为藏书记⑦。

近来书籍之厄不必兵火，无力者既不能聚，聚者亦以无力而散，故所在空虚。屈指大江以南以藏书名者不

---

① 范司马：指范钦。司马，古时掌管军政与军赋的官，范钦官至兵部侍郎，故称其为司马。 ②“嘉靖”句：关于天一阁建阁时间，一般认为始于明嘉靖四十年(1561)到嘉靖四十五年(1566)，按黄宗羲此句推算则为嘉靖初，但黄氏言是个约数，所以用“盖”字。 ③ 癸丑：康熙十二年(1673)，作者六十四岁。 ④ 三式：术数家语，以雷公、太乙、六壬或六壬、遁甲、太乙为三式。 ⑤ 荏苒(rěn rǎn 忍染)：时光渐渐过去。 ⑥ 徐健庵：清徐乾学号健庵，康熙进士，官至刑部尚书，尝总裁《一统志》、《会典》、《明史》等书。藏书极富，有《传是楼书目》流传，黄宗羲七十四岁时到徐家观看传是楼藏书，撰有《传是楼藏书记》。 ⑦ 王文三：名锡庸。

过三四家。千顷斋之书，余宗兄比部明立所聚①。自庚午讫辛巳②，余往南京，未尝不借其书观也。余闻虞稷好事过于其父③，无由一见之。曹秋岳倦圃之书④，累约观之而未果。据秋岳所数，亦无甚异也。余门人自昆山来者，多言健庵所积之富，亦未寓目。三家之外，即数范氏。韩宣子聘鲁，观书于太史氏，见《易象》与《鲁春秋》，曰："周礼尽在鲁矣⑤。"范氏能世其家，礼不在范氏乎？幸勿等之云烟过眼，世世子孙如护目睛，则震川覆护之言，又未必不然也。

【翻译】

我曾感叹读书难，藏书尤其难，藏之久而不散失，更是难上加难了。

自从科举之学兴起，读书的士子只要抱着十几册简

① 千顷斋：明末黄居中，字明立，福建晋江人。官至南京国子监博士，于是迁家金陵，藏书六万余卷，题金陵藏书堂曰千顷堂。著有《千顷斋集》。比部：明、清时刑部官员的通称。 ② 庚午：崇祯三年(1630)，作者二十一岁。辛巳：崇祯十四年(1641)，作者三十二岁。 ③ 虞稷：黄居中之子，承父志，著《千顷堂书目》三十二卷，专著录明人著作。 ④ 曹秋岳倦圃：曹溶，字秋岳，号倦圃。浙江秀水(今嘉兴)人，崇祯进士，仕至御史，时为户部侍郎。其静惕堂藏书多宋、元人文集。 ⑤ 韩宣子聘鲁：事见于《左传·昭公二年》。

陋的旧书，就能崛起于白屋之中，猎取富贵而有余。读书人把一生的精力沉浸在故纸渝墨之中，在贫苦的境遇中寻求而感到不足。常见有人有志读书，像有东西在破坏，所以说读书难。

藏书不是既爱好书同时又有力量者是不能做到的。欧阳公说："凡是对物爱好而又有力量，那么没有弄不到的。"但二者正难以兼有。杨东里年轻时贫穷不能买书，想得到《史略释文十书直音》，市价不过一百钱，却没有能力买。他的母亲把养的母鸡卖了才买到，东里特地把这事记在书后。这是真正爱好书了，但对于普通的书籍还没有力量买，更何况其他呢？有力量的人的爱好，大都在犬马声色之间，比较清高的是奇器，再清高的法书名画算到头了。若不是完全抛弃对犬马声色、字画、奇器的爱好，那么他对书的爱好也必定不会专；爱好却不专，也无从知道书有的容易得到有的不容易得到，不懂装懂地用几百金买了书坊里的书捆载回来，便自称如有百城之富，这不能叫做爱好。所以说藏书尤其难。

归震川说："书籍藏聚在一起，如同有金宝之气，卿云环绕覆护在它的上面。"我却以为不然。古今书籍的灾难，不可胜数。拿我看到的来说吧。越中藏书之家，钮石溪的世学楼是著名的。我看到他的小说家目录也有几百种，商氏的《稗海》都从他那里借刻。崇祯庚午年间，他的书开始失散，我仅从旧书铺里买得十余部而已。

辛巳年我在南京，听说焦家的书想出卖，赶快去问讯，他不零星出卖，要出二千金才能买下。当时冯邺仙任南纳言，我以为书归邺仙就像归我一样，邺仙很高兴，等到我回去却未买成。后来听说也失散了。

庚寅年三月，我看望钱牧斋，住在他的绛云楼下，因而能翻阅他的书籍，凡是我所想读的书没有找不到的。牧斋约我作读书伴侣，闭门三年，我喜出望外，刚想践约，而绛云楼却被火烧光，图书收归天上了。

歙溪郑氏丛桂堂，也是藏书之家。辛丑年我在武林拾取了《程雪楼》、《马石田集》几部，其余都不可问了。

甲辰年我在语溪，槜李高家拿书来卖要二千多金，大体都是抄本，我劝吴孟举收购下来。我在语溪三年，把这些书几乎看遍了，这些书真是他乡的故交。

江右陈士业很喜欢藏书，他自称收藏颇不冷落。乙巳年我写信给他的家属吊唁，他的儿子陈澍有信来，说经过兵火后，留存下来的旧书只有《熊勿轩》一部文集而已。

语溪吕及父，是吴兴潘氏的女婿。他说潘昭度想改修《宋史》，曾弗人、徐巨源草创而没有完成，收集宋代野史很多，装了十多簏放在家里。约我一起去看书，并先把所改的历志给我看。没有多久及父死了，这个愿望未能实现。不知道这些书至今是否还像过去一样没有散失。

祁氏旷园的书最初收藏在家里，不常拿出来看。我每次借阅，只有德公知道个究竟，按照目录去取，很快就能取到。乱后迁到化鹿寺，往往零散地出现于书铺之中。丙午年，我与书商进山，翻阅了三昼夜。我装载了十捆出来，经学近一百种，稗官百十册，宋、元文集已经没有存留的了，中途又被书商偷去卫湜《礼记集说》和《东都事略》。山中留下来的，仅有科举用的讲章、各省的方志，还有两大橱。

丙辰年到海盐，胡孝辕考证精细周详，估计他家一定有藏书，因而看望他的儿子令修。他慷慨地打开旧书箱，也有宋、元集子十多种，但都是我见到过的。孝辕笔记称引过《姚牧庵集》，令修也说有这书，一时不能找到，其余的书则大多是残本了。

我县孙月峰也号称藏书而没有异本，后来全归孙硕肤。丙戌之乱，被火烧尽。我从邻家得到他藏的残缺《实录》，仅存三分之一而已。

由此看来，书籍是造物者很忌的，不仅不庇护它，还从而如此降灾于它。所以说藏之久而不散失是难上难了。

天一阁的书，是范司马收藏的，从嘉靖至今大体已一百五十年了。司马亡故后，封闭得很严密。癸丑年我到甬上，范友仲破戒引我上楼，全部打开收藏。我择取那些流传不广的抄成书目，凡经、史、地方志、类书、书坊中容易得到的和当时人的集子、术数家的书，都不在此列。我没有力量，几乎与东里年轻时差不多，还希望在空暇时拿着笔墨拣卷少书薄的抄写。友仲允诺了。荏苒过了七年，没有实践前言。但是我抄的书目却为好事者流传，昆山徐健庵派他的门生誊抄去的不知有多少。友仲的儿子左垣便合并以前没有抄列的重定一份书目，通过我的朋友王文三来请求我作藏书记。

近来书籍的厄运不必一定是兵火，没有力量的人既不能搜集，收集的人也因为没有力量而散失，所以到处空虚。屈指算来江南有藏书之称的不过三四家。千顷斋的书，是我的同姓兄比部黄明立所搜集。从庚午年到辛巳年，我每去南京，没有不借他的书看的。我听说虞稷好事超过他的父亲明立，但没有机会见一次面。曹秋岳倦圃的书，屡次相约观看都未实现。据秋岳所数列，也没有很特别的书。我的门生从昆山来的，多说徐健庵的收藏丰富，但未过目。三家之外，就要数范氏。韩宣子聘问鲁国，在太史处看书，见到了《易象》与《鲁春秋》，说："周礼全在鲁了。"范氏能世代继承藏书，"礼"不就在范氏了吗？希望不要把它等同于过眼云烟，世代子孙对它都如同保护眼睛一样，那么归震川说的有卿云覆护的话，又未必不对了。

万里寻兄记

本文初载于《吾悔集》，与手稿本文全同，后收入《南雷文定前集》时作了较大改动，批判锋芒比初稿更明显，故本文依据《文定前集》本。本文记叙作者六世祖万里寻兄的故事，表彰兄弟情义，并以此与明室君主兄弟明争暗斗、“伐性伤恩”对照，引出“可不谓天地纲常之寄反在草野”的结论。

宗羲六世祖父府君讳玺[1]，字廷玺。兄弟六人。长

① 府君：汉、魏时称太守为府君，唐以后是子孙对先世的尊称。

伯震，商于外，逾十年不归。府君魂祈梦请，卜之琼茅蚌壳之间[1]，茫然不得影响[2]，作而曰："吾兄不过在域内，吾兄可至，吾何独不可至乎！"蹑屩出门[3]，乡党阻之曰："汝不知兄之所至，东西南北，从何处寻起？"府君曰："吾兄，商也，商之所在，必通都大邑[4]。吾尽历通都大邑，必得兄矣。"于是裂纸数千，缮写其兄里系年貌，为零丁[5]，所过之处，辄榜之宫观街市间[6]，冀兄或见之。即兄不见，而知兄者或见之也。经行万里，三山獠洞，八角蛮陬[7]，踪迹殆遍，卒无所遇。府君祷之衡山[8]，梦有人诵"沉绵盗贼际，狼狈江汉行"者[9]，觉而以为不祥。遇士人占之，问君何所求，府君曰："吾为寻兄至此。"士人曰：

---

① 卜之琼茅蚌壳之间：用茅草和蚌壳来占卜，应是当时浙江的习俗。② 影响：消息。③ 蹑屩(juē 撅)：蹑，即穿鞋。屩，草鞋。蹑屩是穿上草鞋，准备远行的意思。④ 通都大邑：大都会，大城市。⑤ 零丁：古代寻人的招贴。⑥ 榜：公开张贴。宫观：道观，这里泛指寺观祠庙。⑦ 三山獠洞，八角蛮陬(zōu 邹)：见于南宋叶廷珪编集的类书《海录碎事》卷四上。三山是福州的别称，八角蛮是一种少数民族，这里泛指南方少数民族聚居地区。⑧ 衡山：山名，在湖南省。⑨"沉绵"二句：意为遭乱，盗贼猖獗，诗人狼狈流浪。

"此杜少陵《舂陵行》中句也①，舂陵今之道州②，君入道州，定知消息。"府君遂至道州，徬徨访问，音尘不接。一日奏厕，置伞路旁，伯震过之，见伞而心动，曰："此吾乡之伞也！"循其柄而视之，有字一行曰："姚江黄廷玺记。"伯震方惊骇。未几，府君出而相视，若梦寐，恸哭失声。道路观者亦叹息泣下。时伯震已有田园妻子于道州，府君卒挽之而归③。

合观史传，人子所遭不幸，间关踣顿求父求母者不绝书④，为人弟而求兄者无闻焉。岂世无其事欤？抑有

① 杜少陵：即杜甫，他曾在长安东南郊的少陵附近住过，有时自称"少陵野老"，所以后人也称他为"杜少陵"。舂：(chōng 冲)。 ② 道州：治所道县，即今湖南道县。 ③"而归"句：此下手稿本、《吾悔集》本为："楚人高其义，称伯震为黄来，称府君为小来，望其复来也。府君因其声转之，别号为小雷云。事在宣宗之世，三杨当国，朝廷人物固多光明俊伟，而草野之中犹能淳朴恺悌，识道理，贱夸诈，相沿成俗。若府君者，虽不可以时代为限，然非盛时风俗之美，亦不能卓绝如此也。独怪为人子而所遭不幸，间关踣顿求父求母者，简策不绝书，为人弟而求兄者无闻焉。岂世无其事欤？抑有其事而记载者忽之欤？江河日下，兄弟之情日浅，宴安荼粥茵草薰蒸，以路人之爱恶爱恶其兄且不可必，则夫弃捐头髓、不避惊涛峻坂之险者，较之求父母者不更难耶！羲叙府君之事，不禁涕泗之横流，盖伤时也。" ④ 间关：道路崎岖难行。踣顿：仆倒。

其事而纪载者忽之欤？方府君越险阻，犯霜雪，跋涉山川，饿体冻肤而不顾，箝口槁肠而不恤①，穷天地之所覆载，际日月之所照临，汲汲皇皇②，唯此一事，视天下无有可以易吾兄者。而其时当景泰、天顺之际③，英宗、景皇独非兄弟耶？景皇唯恐其兄之入，英宗唯恐其弟之生④，富贵利害，伐性伤恩，以视府君，爱恶顿殊，可不谓天地纲常之寄反在草野乎⑤！

【翻译】

宗羲的六世祖父府君名玺，字廷玺。兄弟六人，老大伯震，经商在外，过了十年没回家。府君梦魂中也在祈求，还经琼茅蚌壳占卜，茫然全无影响。他站起来说："我哥总不过在这个国境之内，我哥能到，我为什么偏不

① 箝口槁肠：箝口，缄口，闭口。意即没有饭吃，因而肠枯。 ② 汲汲：急急忙忙不停息的样子。皇皇：心神不安的样子。 ③ 景泰：明代宗朱祁钰的年号（1450—1456）。天顺：明英宗朱祁镇的年号（1457—1464）。 ④"景皇"二句：明正统十四年（1449），英宗亲征瓦剌大败，在土木堡被俘，监国郕王朱祁钰即明代宗奉太后命称帝，遥尊英宗为太上皇，改年号景泰。景泰元年（1450）八月，瓦剌送还英宗。英宗乘代宗病重，于景泰八年（1457）正月十六日暮夜发动政变恢复帝位，改元天顺。这两句的意思是景皇唯恐其兄返回北京，英宗唯恐其弟病愈。 ⑤ 草野：指民间。

能到呢？"穿上草鞋就出门，乡邻劝阻他说："你不知道哥到了什么地方，东西南北，从哪里寻起？"府君说："我哥，是商人，商人的所在，一定是通都大邑。我走遍那通都大邑，一定能找到哥了。"于是裁了几千张纸，写上他哥的籍贯、年龄、相貌特征，作为招贴，凡所经过的地方，就张贴在那里的寺观祠庙大街闹市处，希望他哥能看到。即使哥看不到，知道哥的人也许能看到。这样走了上万里路，甚至三山獠洞，八角蛮陬，也几乎统统走遍，结果还是找不到。府君来到衡山祈祷，梦见有人诵读"沉绵盗贼际，狼狈江汉行"的句子，醒来后认为不吉利。碰上读书人请详吉凶，读书人问求什么，府君说："我为寻我哥到这里。"士人说："这是杜少陵《舂陵行》里的句子，舂陵是现在的道州，你到道州，一定会知道消息。"府君于是到了道州，徘徊访问，还是不得音信。有一天上厕所，把雨伞放在路旁，伯震刚巧经过，看见雨伞心有所动，说："这是我家乡的伞啊！"沿伞柄一看，有一行字写道："姚江黄廷玺记。"伯震才惊骇起来。不一会，府君出来，两个人你看我我看你，像是做梦一样，失声痛哭起来。道路上看的人也叹息流泪。那时伯震在道州已有田园妻儿，府君终于把他拉回家乡。

我综观史书传记，有关做儿子的遭到不幸、历尽艰险崎岖跋涉寻父寻母的记载不绝，而做弟弟的寻找哥的却没有听说。难道是世上没有这样的事情吗？还是有这样的事却被记载的人忽略了？当府君越过险阻，冒着霜雪，跋山涉水，挨饿受冻都不管，缄口枯肠都不恤，找遍天地之所覆载、日月之所照临，急急忙忙心神不安，只为了这一件事，通天下没有可以用来交换他哥的。而这时正当景泰、天顺之际，英宗、景皇难道不是兄弟吗？景皇只怕他的哥回到北京，英宗只怕他的弟病愈得生。为了富贵利害，坏了性伤了恩，和府君相比较，爱憎显然不同，能不说天地纲常反而存在于草野吗？

陆周明墓志铭

本文从议论入手，强调陆周明以儒生的身份，却以天下为己任，其行为学游侠，志向特异。接着简述陆氏生平，从整理陆氏遗物发现人头，引出他盗藏义军首领王翊首级的一段故事，情节突兀变化，描写生动。篇末与开头呼应，极端推崇陆周明的人格。

司马迁传游侠①，以乡曲之侠与独行之儒比量，而贤

① “司马迁”句：司马迁在撰写的《史记》中为游侠立传。

夫侠者①；以布衣之侠与卿相之侠比量，而难夫布衣②。然时异势殊，乃有儒者抱咫尺之义③，其所行不得不出游侠之途，既无有土卿相之富厚，其所任非复闾巷布衣之事，岂不尤贤而尤难哉！十年之前，亦尝从事于此，心枯力竭，不胜利害之纠缠，逃之深山以避相寻之急，此事遂止。其时周明与其客以十数见过，皆四方知名之士。余间至其城西田舍，复壁柳车④，杂宾死友⑤，咄嗟食办⑥。余既自屏，周明亦不相闻问，然颇闻其喜事益甚⑦。江湖多传周明姓名，以为异人。嗟乎，周明亦何以异于人哉！

---

①“以乡”二句：司马迁以为乡曲游侠与独行之士都是贤者，但二者相比，游侠能在当世建立功业，故游侠更贤。乡曲：乡里闾巷之间。独行：指不受任何政治势力的约束，不随波逐流的独特行为。②“以布”二句：司马迁以为卿相之侠如孟尝、春申、平原、信陵等人，凭借原有的地位财富，为侠较易；而平民之侠“修行砥名”，扬名天下则较难。布衣：指没有做官的人。③咫尺：咫，古代长度名，相当现在市尺制的六寸二分二厘。咫尺在这里比喻微小。④复壁柳车：《后汉书·赵岐传》说赵岐因反对宦官而逃难四方，孙嵩把他藏在复壁（即夹墙）之中。《史记·季布传》说汉高祖要搜捕季布，濮阳周氏把季布伪装成奴仆，置于广柳车中，卖给大侠朱家以求得保护。这里用复壁、柳车这两个典故，是说陆宇熺家藏匿抗清志士。⑤杂宾：来历复杂的人物。死友：交情至死不变的朋友。这杂宾死友也都是指抗清志士。⑥咄嗟：呼吸之间。文中形容时间短促。⑦喜事：好揽事。

华屋甫田[①]，婚嫁有无，人情等尔，亦唯是胸中耿耿者未易下脐。人见其踵侧焦原，手捕雕虎[②]，遂以为异。虽然，周明一布衣诸生[③]，又何所关天下事；而慷慨经营，使人以侠称，是乃所以为异也！

周明姓陆氏，名宇燝[④]，鄞县人也。祖某。父世科，大理寺卿[⑤]。母某氏。配周氏、崔氏。子经异、经周。婿万斯大[⑥]。少与钱司马读书[⑦]，慷慨有大志。司马江上之事[⑧]，周明实左右之。祥兴航海[⑨]，其诸臣风帆浪楫，栖迟金鳌、牡蛎之间[⑩]，非内主之力则莫之能安也[⑪]。

---

① 甫田：大田。 ② "人见"二句：张平子《思玄赋》："执雕虎而试象兮，阽焦原而跟趾。"雕虎，兽名。焦原，山名，在山东莒县南，一名峥嵘谷。李善注，雕虎以喻贫，焦原以喻义。③ 诸生：明清时经本省各级考试取入府、州、县学的统称诸生。 ④ 燝：(dǐng 顶)。 ⑤ 大理寺：掌管刑狱的官署。其长官为大理寺卿。 ⑥ 万斯大(1633—1683)：浙江鄞县人，清代经学家，黄宗羲的学生。 ⑦ 钱司马：抗清英雄钱肃乐，他在鲁王政权中曾任兵部尚书，所以称之为钱司马。 ⑧ 司马江上之事：顺治二年(1645)，钱肃乐创议守钱塘江，阻止清兵南下，不久失败。 ⑨ 祥兴：南宋赵昺（卫王）年号（1278—1279)，祥兴航海本指陆秀夫等拥立赵昺在海岛抗元事，这里指遁入舟山的鲁王朱以海。 ⑩ 金鳌：山名，在今浙江临海东南海中，金兵南下，宋高宗逃入海中，曾在此停泊。牡蛎：简称蠔，产在海边可食用的软体动物，这里说栖迟金鳌、牡蛎之间，泛指在沿海岛屿活动。 ⑪ 内主：在内接应的人。

癸卯岁①，周明为降卒所诬，捕入省狱。狱具，周明无所诖误②，脱械出门，未至寓而卒。周明以好事尽其家产，室中所有，唯草荐败絮及故书数百卷。讣闻，家中整顿其室，得布囊于乱书之下。发之，则人头也。其弟春明识其面目，捧之而泣曰："此故少司马笃庵王公头也③！"初，司马兵败，枭头于甬之城阙④，周明思收葬之，每徘徊其下。一日，见暗中有叩首而去者，迹之，走入破屋。周明曰："子何人？"其人曰："吾渔人也。"周明曰："子必有异，无为吾隐。"其人曰："余毛明山，曾以卒伍事司马，今不胜故主之感耳。"周明相与流涕，而诣江子云，计所以收其头者。江子云者，故与周明读书，钱公之将也，失势家居。会中秋竞渡，游人杂沓。子云红笠握刀，从十余人登城遨戏。至枭头所，问守卒曰："孰戴此头也？"卒以司马对。子云佯怒曰："嘻，吾怨家也，亦有是日乎！"拔刀击之，绳断堕地，周明、明山已预立城下。方是时，龙舟噪甚，人无回面易视者，周明以身蔽明山，拾头杂俦人而去⑤。周明得头，祀之书室，盖十二年矣，

---

① 癸卯岁：康熙二年(1663)。 ② 诖(guà 挂)误：贻误，连累。 ③ 王公：即王翊(1616—1651)，号笃庵，曾在四明山区大兰山安营扎寨，抗击清兵，兵威颇振，后被俘遇害。他曾任兵部侍郎，所以名之为少司马。 ④ 甬之城阙：宁波的城门。 ⑤ 俦人：同伴。

而家人无知者。至是而春明始瘗之①。昔李固之死②，汝南郭亮左提章钺、右秉铁锧，诣阙上书，乞收其尸③；南阳董班亦往哭固，殉尸不肯去④。栾布奏事彭越头下，祠而哭之⑤。彼皆门生故吏⑥，故冒死而不顾。周明之于司马，非有是也，一念怜其忠义，遂不惜扞当世之文网⑦。所谓尤贤尤难者，不更在是乎？

初，周明读书时，有弟子讼其师，师不得直⑧。周明

① 瘗（yì 义）：埋葬。 ②“李固”句：李固，后汉人，官太尉，冲帝死后，质帝遇弑，在立帝问题上与权臣梁冀意见相左，被诬杀害，露尸四衢。梁冀并下令，有敢收尸者，加罪。见《后汉书·李固传》。 ③“汝南”三句：汝南：郡名，东汉时治所在今河南平舆北。郭亮：李固弟子。固被杀害时，郭仅十五岁，在洛阳游学，于是手提刑具，抱着死的决心，乞求收尸。见《后汉书·李固传》。章钺、铁锧（fū zhì 夫质）：皆行刑之具。 ④“南阳”二句：南阳：郡名，今河南南阳。董班：少游太学时师事李固，闻固被害，星夜奔赴京城，守尸十日不肯离去。太后哀怜他，因而听许送葬。见《后汉书·李固传》。殉：巡。 ⑤“栾布”二句：栾布，梁人，幼时为奴，后为燕将，汉高祖击燕时将布俘虏，梁王彭越赎布为梁大夫。其后高祖以谋反罪杀彭越，枭首洛阳，并下令说：“有敢收视者捕之。”布从齐出使归来，“奏事彭越头下，祠而哭之。”高祖想以煮死的酷刑来处置他，他从容上言彭越反形未现，而以小案被诛杀，恐功臣人人自危，说服了刘邦。见《史记·栾布传》。祠：祭。 ⑥ 门生：弟子。故吏：旧时属吏。 ⑦ 扞（hàn 捍）：触犯。文网：法禁。 ⑧ 不得直：指诉讼中败诉受曲。

诣文庙[①],伐鼓恸哭[②],卒直其师而后止。昔震川叙唐钦尧争同舍生之狱,以为生两汉时即此可以显名当世[③]。在周明视之,寻常琐节耳,独恨不得司马迁以拾之。余因万斯大而论次,仅以答周明曩者之一顾也。

铭曰:或骇其奇,或叹其拙。茫茫宇宙,腐儒蚓结[④]。

【翻译】

司马迁为游侠作传,把乡曲的侠和独行的儒作比较,认为侠更贤;把布衣的侠和做卿相的侠作比较,认为布衣的侠更难。但如今时势不同,若有儒者怀抱咫尺之义,所做的却不得不出于游侠那一条路,他既没有有土地的卿相那么富厚,所做的又不再是闾巷布衣的事情,岂不是更加贤而且更加难吗?十年之前,我也曾经这样做,心枯力竭,受不了利害的纠缠,逃进深山以避免别人

① 文庙:孔子庙。 ② 伐鼓:击鼓。 ③“昔震川”二句:事见归有光《震川先生集·抚川府学训导唐君墓志铭》:“见君所争李炤事,御史与之反复论辩,欲穷之以辞。君抗首高论,辞气慷慨。时诸生群吏会者数千人,皆竦听叹息。予以为使君生两汉时,其风节即此可以显名当世矣,而世莫能识也。” ④ 蚓结:像蚯蚓那样盘结着。蚯蚓只食土饮泉,别无所求,用来比喻腐儒拘守小节,陆周明则奇行异品,与迂腐的儒生是截然不同的。

找寻得急，这事也就不干了。那时周明曾与他的客十几人来过我处，都是四方闻名的人。我曾乘间去他在城西的田舍，藏匿着杂宾死友，顷刻间酒食就能摆上。我既已屏退，和周明也不相往来，但听说他喜欢揽事越加厉害。江湖上多传周明的姓名，把他当做异人。唉，周明又有什么地方异于别人！高房大田，婚嫁有无，和一般人一样，不过是胸中那一腔耿耿之气难以消散。人们看他立身焦原，手捕雕虎，就觉得他异。虽然，周明不过是一个布衣诸生，又与天下大事有什么相关；却慷慨经营，使人们以侠相称，这才是他之所以为异啊！

周明姓陆，名宇燝，鄞县人。祖父名某。父名世科，是大理寺卿。母某氏。妻周氏、崔氏。儿子名经异、经周。婿是万斯大。他年轻时与钱司马一起读书，慷慨有大志。钱司马江上抗清，周明曾帮助过。正如祥兴航海，从亡诸臣在扬帆冲浪，栖息在金鳌、牡蛎之间，没有内应的人也是不得安稳的。

癸卯年，周明被降清的兵士诬告，抓入省城监狱。案子审毕，周明没有被牵累，解下刑具被放出来，还没有回到住处就死了。周明因为好事用尽了家产，屋子里所有的，只是草席破絮和几百卷旧书。死讯传到后，家里人整理他的屋子，在乱书下面发现一个布袋，打开，是个人头。他的弟弟春明认识面目，捧着哭道："这是前少司马笃庵王公的头啊!”当初,司马兵败,头砍下后挂在宁波城门上,周明想收葬,常常在下面徘徊。一天,见有人暗中叩头后离去,便追寻踪迹,见他走进破房子。周明问:“你是什么人?”那人说:“我是捕鱼的。”周明说:“你一定不平常,不要瞒我了。”那人说:“我叫毛明山,曾经在王司马部下当过兵,如今抑不住怀念故主之情。”周明与他相对流泪,再去江子云处,商量怎样收司马的头。江子云,曾跟周明读书,是钱公的将领,失势后住在家中。正遇上中秋节龙舟竞渡、游人纷杂。江子云戴上红笠,握着刀,带十几个人上城头游戏。到悬挂头的地方,问守卫的兵士说:“这是谁的头?”兵士答是王司马的。子云假作愤怒的样子说:“嘻,这是我的冤家,也有这一天啊!”拔刀砍过去,绳断了,头掉到地上,周明、明山已经预先站在城下。这时,龙舟喧闹得很厉害,没有人掉头看望别处,周明用身体遮住明山,拾起头混在人群中离去。周明得头后,摆在书房里祭祀,已经十二年了,而家里没有人知道,到这时春明才把头埋葬了。从前李固遇害,汝南郭亮左手拿章钺,右手握铁锧,到宫阙上书,乞求收李固之尸;南阳董班也前往哭李固,在尸体旁不肯离去;栾布在彭越头下奏事,祭祀哭泣。这些都是门生故吏,所以冒死而不顾身。周明之于王司马,则并无此关系,只因为哀怜王司马的忠义,就不惜触犯当世的法网。所谓尤贤尤难的，不更在这里吗？

当初，周明读书时，有学生控告他的老师，老师受屈未能伸冤。周明到孔庙，击鼓痛哭，终于为老师伸冤后才罢休。从前归震川叙述唐钦尧为同学的案件争论，认为如果他生在两汉时，凭这一件事就可以闻名于世。而从周明的角度看来，不过是寻常小事罢了，只遗憾这些事迹没有司马迁来采集。我因为万斯大而加以论次，不过是借此报答周明以前的一顾罢了。

铭曰：有人惊骇他的奇，有人叹息他的拙。茫茫宇宙之中，腐儒多如蚓结。

王征南墓志铭

本篇是为一个武功出众的侠士所写的墓志铭，不仅写了他得于真传的武功，并且写他为人也极有气节，抗清失败后，犹暗通义军，战友被杀，他因仇人未死，终身素食。黄宗羲在他身上寄托了对故国的哀思。

少林以拳勇名天下①，然主于搏人，人亦得以乘之。有所谓内家者，以静制动，犯者应手即仆，故别少林为外

① 少林：少林寺，在河南登封市北少室山北麓。自唐以来，寺僧常习武艺，拳术自成一派，称少林派。

家，盖起于宋之张三峰①。三峰为武当丹士②，徽宗召之，道梗不得进。夜梦玄帝授之拳法③，厥明，以单丁杀贼百余。三峰之术，百年以后流传于陕西，而王宗为最著。温州陈州同从王宗受之，以此教其乡人，由是流传于温州。嘉靖间，张松溪为最著。松溪之徒三四人，而四明叶继美近泉为之魁，由是流传于四明。四明得近泉之传者，为吴昆山、周云泉、单思南、陈贞石、孙继槎，皆各有授受。昆山传李天目、徐岱岳；天目传余波仲、吴七郎、陈茂弘。云泉传卢绍岐。贞石传董扶舆、夏枝溪。继槎传柴元明、姚石门、僧耳、僧尾。而思南之传则为王征南。

思南从征关白④，归老于家，以其术教授。然精微所在，则亦深自秘惜，掩关而理，学子皆不得见。征南从楼上穴板窥之，得梗概。思南子不肖，思南自伤身后莫之

---

① 张三峰：亦作张三丰，宋代技击家。其法主要用于御敌，非遇危急不发，发则必胜。 ② 武当：山名，在湖北均县南，道教名山，为武当派武术起源的地方。 ③ 玄帝：道教的真武大帝。玄帝授拳法之说，当然只是后人编造的神话。

④ 征关白：关白，是当时日本在天皇下面掌大权的官，明万历二十年(1592)关白丰臣秀吉派兵入侵朝鲜，明朝出兵救援，时人习惯称之为“征关白”。

经纪，征南闻之，以银卮数器①，奉为美槚之资②。思南感其意，始尽以不传者传之。

征南为人机警，得传之后，绝不露圭角③，非遇甚困则不发。尝夜出侦事，为守兵所获④，反接廊柱，数十人轰饮守之⑤。征南拾碎磁偷割其缚，探怀中银望空而掷，数十人方争攫，征南遂逸出。数十人追之，皆踣地匍匐不能起⑥。行数里，迷道，田间守望者又以为贼也，聚众围之。征南所向，众无不受伤者。岁暮独行，遇营兵七八人挽之负重⑦，征南苦辞求免，不听。征南至桥上，弃其负。营兵拔刀拟之，征南手格，而营兵自掷仆地⑧，铿然刀堕，如是者数人。最后，取其刀投之井中，营兵索绠出刀⑨，而征南之去远矣。凡搏人皆以其穴，死穴、晕穴、哑穴，一切如铜人图法⑩。有恶少侮之者，为征南所击，其人数日不溺，踵门谢过，始得如故。牧童窃学其法以击伴侣，立死，征南视之曰："此晕穴也，不久当苏。"已而

---

① 卮（zhī 支）：酒器。 ② 槚（jiǎ 贾）：即榎，古人常用来做棺椁。 ③ 圭（guī 规）角：圭，古代玉器，长条形，上端尖。圭角即圭玉的棱角。文中比喻锋芒。 ④ 守兵：指清兵。 ⑤ 轰饮：许多人聚在一起喧闹狂饮。 ⑥ 踣（bó 伯）：跌倒。 ⑦ 营兵：也是指清兵。 ⑧ 掷：跳跃。 ⑨ 绠（gěng 梗）：汲水器上的绳索。 ⑩ 铜人图法：宋时编《新铸铜人腧穴针灸图经》，并铸铜人刻示经穴位置名称。

果然。征南任侠，尝为人报仇，然激于不平而后为之。有与征南久故者，致金以仇其弟，征南毅然绝之曰："此以禽兽待我也。"

征南名来咸，姓王氏，征南其字也。自奉化来鄞。祖宗周，父宰元，母陈氏。世居城东之车桥，至征南而徙同岙①。少时隶卢海道若腾②，海道较艺给粮，征南尝兼数人。直指行部③，征南七矢破的，补临山把总④。钱忠介公建义⑤，以中军统营事⑥，屡立战功，授都督佥事、副总兵官⑦。事败，犹与华兵部勾致岛人⑧，药书往复⑨。

① 同岙（ào 奥）：地名。山深奥处叫岙。 ② 海道：明代在沿海重要地区设有巡海道的官职。 ③ 直指：朝廷直接派到地方处理问题的官员，明人则称各省的巡按御史为直指。 ④ 把总：最低级的武官。 ⑤ 建义："义"字原空缺，从文义拟补。建义，谓成义军，举义旗。钱忠介：即钱肃乐，死后鲁王谥他为忠介。 ⑥ 中军：统帅的直属部队叫中军，这里指钱肃乐直属卫队的指挥官。 ⑦ 都督佥事：明代设五军都督府，每府设都督及都督同知、都督佥事。都督佥事实为荣誉性武职。副总兵官：明初总兵官为出征时的统帅，后为镇守地方的最高武职。其次则为副总兵官。 ⑧ 华兵部：鄞县人华夏。华夏被授予过兵部职方郎中，所以称之为华兵部。顺治二年（1645）华曾起义抗清。失败后，又联络据守海岛滃洲的明总兵黄斌卿，在顺治五年（1648）再次起义，失败，第二年被杀害。岛人：指在滃洲的明总兵黄斌卿。 ⑨ 药书：用药水写的秘密信，经处理后才看得出字迹。

兵部受祸，仇首未悬①，征南终身菜食②，以明此志，识者哀之。征南罢事家居，慕其才艺者，以为贫必易致，营将皆通殷勤③，而征南漠然不顾，锄地担粪，若不知已之所长有易于求食者在也。一日，过其故人，故人与营将同居，方延松江教师讲习武艺。教师倨坐弹三弦，视征南麻衣缊袍若无有④。故人为言征南善拳法，教师斜眄之曰⑤："若亦能此乎？"征南谢不敏⑥。教师轩衣张眉曰："亦可小试之乎？"征南固谢不敏。教师以其畏己也，强之愈力，征南不得已而应。教师被跌，请复之，再跌而流血破面。教师乃下拜，贽以二缣⑦。征南未尝读书，然与士大夫谈论，则蕴藉可喜⑧，了不见其为粗人也。余弟晦木尝揭之见钱牧翁⑨，牧翁亦甚奇之。当其贫困无聊⑩，不以为苦，而以得见牧翁、得交余兄弟沾沾自喜，其好事如此。予尝与之入天童⑪，僧山焰有膂力⑫，四五人不能

---

① 仇：仇人。指鄞县劣绅谢三宾。由于他告密起义才失败，但他却偷生苟活，所以说"仇首未悬"。 ② 菜食：素食。 ③ 营将：指清驻军将领。 ④ 缊（yùn 运）袍：即以乱麻为衬的袍子。《论语·子罕》："衣敝缊袍。"朱熹注："衣之贱者。" ⑤ 眄（miǎn 免）：斜视。 ⑥ 不敏：不才，没有才能。自谦之词。 ⑦ 贽（zhì 至）：初见尊长时所送的礼品。缣：双丝织的微黄色细绢，多作赏赠酬谢之物。 ⑧ 蕴藉：含蓄。 ⑨ 钱牧翁：即钱谦益，字受之，号牧斋。 ⑩ 无聊：无以为生。 ⑪ 天童：天童寺，在宁波。 ⑫ 膂力：筋力，气力。

掣其手，稍近征南，则蹶然负痛①。征南曰："今人以内家无可眩曜，于是以外家搀入之，此学行当衰矣。"因许叙其源流。忽忽九载，征南以哭子死。高辰四状其行求予志之。余遂叙之于此，岂诺时意之所及乎？生于某年丁巳三月五日②，卒于某年己酉二月九日③，年五十三，娶孙氏，子二人：梦得，前一月殇④；次祖德。以某月某日葬于同岙之阳。

铭曰：有技如斯，而不一施。终不鬻技，其志可悲。水浅山老，孤坟孰保。视此铭章，庶几有考。

【翻译】

少林以拳勇名闻天下，然以打人为主，别人也可以乘机反击。有所谓内家的，以静制动，来犯的人应手就跌倒，因此把少林别称为外家。内家大概起源于宋代的张三峰。张三峰是武当山炼丹士，宋徽宗召见他，在路上受阻不能前进。夜里他梦见真武大帝传授他拳法，天明，以他一人之力杀贼百余名。张三峰的武术，百年后流传于陕西，以王宗最为著名。温州的陈州同从王宗学到其技，并用来教练本乡人，于是其技在温州流传。嘉

---

① 蹶（jué 决）：颠仆。 ② 丁巳：明万历四十五年（1617）。 ③ 己酉：清康熙八年（1669）。 ④ 殇（shāng 伤）：未成年而死。

靖年间，张松溪最为著名。松溪的徒弟有三四个，以四明人叶继美字近泉的为第一，由此，其技又在四明流传。四明得到近泉传授的，有吴昆山、周云泉、单思南、陈贞石、孙继槎，都各有传授。昆山传给李天目、徐岱岳；天目传给余波仲、吴七郎、陈茂弘。云泉传给卢绍岐。贞石传给董扶舆、夏枝溪。继槎传给柴元明、姚石门和僧耳、僧尾。而思南的传人则是王征南。

思南从军征关白，年老后回家，以自己的内家之术教授徒弟。但其中精深微妙的地方，就深自秘惜，关起门来独自温习，跟他学的人都不能看到。征南在楼上把楼板挖了个洞偷看，得到一个大概。思南的儿子不成器，思南为自己身后无人料理而伤心。征南知道后，便取了几件银酒器，奉献给他作为购买好棺木的费用。思南有感于他的诚意，才完全把不传的技艺统统传给了他。

征南为人很机警，得了真传之后，绝不显露锋芒，不到十分危急的时候不拿出来。他曾于夜里出去探察事情，被守卫的兵士俘获，反绑在廊柱上，有几十个人聚在一起一边喧闹狂饮一边看守着他。他拣起一块碎磁片偷偷地割断绑缚的绳索，拿出怀中的银子，往空中抛掷，趁几十人正在抢夺，征南就逃了出去。几十人追赶他，都跌倒在地上趴着起不来。跑出几里地后，迷失了道路，田间看守的人又以为他是贼，聚集众人围住他。征南所到之处，众人没有不受伤的。某年底，他一个人出行，碰到七八个营兵要拖他去背重东西，他苦苦推脱求免，均不被理睬。征南便走到桥上，甩掉背着的东西。营兵们拔出刀朝他砍来，征南徒手相拒，而营兵都自己跳起来仆倒在地上，刀也铿然落地。像这样跌倒的营兵有好几人。最后，他夺取营兵们的刀丢到井里。等到营兵们寻来井绳取出刀时，征南已走得很远了。他凡打人时都利用穴位，死穴、晕穴、哑穴，一切按铜人图法。有一恶少年侮辱他，被他打了，这人便几天不能小便，登门谢罪后，才得以恢复正常。有个牧童偷学了他的方法用来打了同伴，同伴马上死去，王征南看了说："这是晕穴，不久会醒转来的。"过一会果真如此。征南好打抱不平，曾经为人报仇，那是激于不平而干的。有人与他是很久的故交，送钱要他去与自己的弟弟为仇，征南毅然与他绝交道："这是用看待禽兽来看待我了。"

征南名来咸，姓王，征南是他的字。他家是从奉化迁来鄞县的。祖名宗周，父名宰元，母陈氏。世代居住城东的车桥。到征南时迁到同岙。年轻时他隶属于海道卢若腾，海道衡量各人的武艺发给口粮，他曾领用几个人的口粮。巡按御史巡视部属，征南七箭中的，补授临山把总。钱忠介公起兵，他以中军统领营务，屡立战功，授为都督佥事、副总兵官。失败后，他仍同华兵部联络海岛上的人，用药写密信往来。华兵部被害，而仇人的头还未被悬挂，他终身素食，以表明自己的志愿，知道的人都为他悲伤。他不问世事家居，欣羡他技艺的人，认为他贫穷必定容易招致，营将也都向他通殷勤，他却漠然不顾，锄地挑粪，像不知道自己所擅长的技艺中有易于求食的本领。一天，他去看一个老熟人，老熟人与营将住在一起，正请了一位松江教师讲习武艺。武师傲慢地坐着弹三弦，把穿着缊袍的王征南不放在眼里。那位老熟人向他说王征南擅长拳法。教师斜视着说："你也会这个吗?"征南推辞说不会。教师敞衣扬眉说："可以稍稍试一试吗?"征南坚持推辞说自己不会。教师以为王征南惧怕自己，更加强邀他，征南不得已便答应了。教师被征南跌了一跤，要求重来，第二次更跌得流血破面。教师于是向他下拜，并用二匹细绢作为礼物送给他。征南不曾读过书，但与士大夫谈论，却含蓄有物令人欣喜，一点也看不出他是个粗人。我弟晦木曾跟他一起去见钱牧斋老先生，钱老也觉得他很奇特。当他贫穷潦倒无以为生时，却不以为苦，而为能见到钱老、同我们兄弟交往而沾沾自喜。他喜爱结交到了这样的地步。我曾和他一起到天童寺去，有个和尚叫山焰的很有气力，四五个人不能抓住他的手，他稍稍靠近王征南，就负痛跌倒。王征南说:“现在的人认为内家没有什么可以用来炫耀,于是将外家功夫搀入在里面,这个学问很快就要衰败了。”因而同意叙说内家的源流。倏忽又过九年,王征南因为悲痛儿子夭亡而死。高辰四把王征南的一生写了出来要求我写墓志。我于是在此写了这篇墓志。这哪里是他许诺时所想到的呢?征南生于丁巳年三月五日,卒于己酉年二月九日,享年五十三。娶妻孙氏,有两个儿子:梦得,前一个月夭折;次子祖德。以某月某日葬于同岙之南。

铭曰:有技艺如此,却不一施。终不肯把技出卖,志气让人悲悯。一旦水浅山老,孤坟谁保。看了这个铭文,庶几乎有可考。

陈定生先生墓志铭

陈定生名贞慧，是明末著名社党——复社的中坚人物，这篇墓志记叙他与吴应箕草成《留都防乱揭》，抵制魏党余孽阮大铖复出，并以宋代的历史与之对照，谈古论今，表达了黄宗羲的政治主张。

甚哉，小人之愚也！小人之仇君子，必指之为朋党①，大书深刻，列其姓名，将使后世之人同心疾之也。

① 朋党：我国古代称在政治上排除异己的宗派集团为朋党，是贬义词。

然蔡京立《元祐奸党碑》①，而三百九人者，后人各为之列传；韩侂胄立《庆元党人碑》②，而刘后溪遂以庆元党人之名名游监簿之墓③，党人之家，亦各以其名名其门第。原小人之心，固谓被是名者不胜其辱矣，孰知适以荣之耶！

---

① 蔡京(1047—1126)：北宋徽宗时奸相，后被放逐，死于途中。《元祐奸党碑》：宋神宗熙宁、元丰间推行王安石新法。神宗死哲宗即位，改元元祐，祖母太皇太后高氏主政，全部废除新法，起用旧党司马光、吕公著等。哲宗亲政后，改元绍圣，明令绍述熙宁、元丰年间新政，全部恢复新法。哲宗死后，向太后临朝听政，推翻新政。徽宗即位，以蔡京为相，复行新法，贬斥元祐、元符间反对新政的司马光等人，并立党人碑，共三百零九人，御书刻石于文德殿门东壁，蔡京手书刻石于各州县。碑上列名者都受迫害。 ② 韩侂（tuō 托）胄(1152—1207)：南宋相州安阳（今属河南）人，在宁宗庆元年间曾封平原郡王，任平章军国事，执政十三年。斥理学为“伪学”，兴“庆元党禁”，把朱熹为代表的理学家称为“逆党”，颁“伪学逆党”党籍，列名者五十九人。此处“庆元”原作“庆历”，乃黄宗羲误记。 ③ 刘后溪：刘光祖(1142—1222)，简州阳安（今四川简阳）人，字德修，号后溪，南宋孝宗乾道时进士，立朝敢言，论事激切，朱熹被罢，他为之上谏，被弹劾去官。庆元党禁解后，得起用。游监簿：游仲鸣(1138—1215)，果州南充（今属四川）人，字子亚。南宋孝宗淳熙时进士，曾任军器监主簿，善理财赋。卒后，刘光祖为写墓碑，有“於乎，庆元党人游公之墓”句。

天启间①,逆奄窃国②,是时有《百官图》、《邪党录》、《天鉴录》、《同志录》、《点将录》③,依之以尽杀朝廷之士,所谓东林党人也④。其间侍从之臣⑤,杨、左以外⑥,宜兴少保陈公为之魁⑦。崇祯末,阮大铖作《蝗蝻录》⑧,以复社

① 天启:明熹宗(朱由校)年号(1621—1627)。 ② 奄(yān淹):阉人,宦官。逆奄窃国:指宦官魏忠贤专政。 ③《百官图》等:阉党编造的东林党人的种种名单。 ④ 东林党:晚明以江南士大夫为主的政治集团。明神宗后期,政治日益腐败,万历二十三年(1595),无锡人顾宪成革职还乡,与高攀龙等在东林书院讲学,议论朝政,得到部分士大夫支持,被称为"东林党"。 ⑤ 侍从之臣:指京城的高级执事官。 ⑥ 杨:即杨涟(1572—1625),明万历进士,官至左副都御史。因弹劾魏忠贤,被魏诬陷,死于狱中。左:即左光斗(1575—1625),明万历与杨涟同举进士,官至左佥都御史。杨涟劾魏忠贤,他参与其事,并亲劾魏三十二斩罪。与杨涟同死于狱中。 ⑦ 陈公:指陈于庭,陈贞慧之父,明江苏宜兴人,万历进士,因与魏忠贤不合而被斥,崇祯时曾官左都御史,加太子少保,后因拟罪援引不合崇祯的心意,削籍回乡卒,弘光朝追赠少保。 ⑧ 阮大铖(约1587—约1646):明末人,天启时依附魏忠贤,崇祯时废斥,匿居南京,力求起用,受阻于东林和复社。弘光时马士英执政,得任兵部尚书,对东林、复社中人任意报复,以东林为蝗,复社为蝻(蝗幼虫),共一百四十人姓名编成《蝗蝻录》,想一网打尽。

名士填之①，谓是东林后劲，欲依之以尽杀天下之清流②。其间定生先生为之魁。按元祐党人，唯司马光、司马康，范纯仁、范正平，吕公著、吕希仁父子名在党籍③，而先生之父子实似之。讫今四十年，贞元朝士无多④，劫

① 复社：明末江南士大夫的政治集团。崇祯时，一部分江南士大夫继东林党后，组织团体，主张改良政治，以挽救明王朝的统治。江苏太仓人张溥和张采等合并江南的若干文社，称为复社。崇祯六年（1633），在苏州虎丘举行会议。南明弘光时曾受马士英、阮大铖等打击。清军南下，复社人物吴应箕、陈子龙等曾参加抗清，顺治九年（1652），复社被清政府取缔。 ② 清流：指有名望的清高的士大夫。 ③ 司马光（1019—1086）：北宋大臣，史学家。坚决反对王安石变法。元丰八年（1085），宋哲宗即位，高太皇太后听政，召他入京主国政，次年任尚书左仆射，兼门下侍郎，废除新法。为相八月病死。司马康：司马光子。范纯仁（1207—1101）：苏州人，范仲淹子。反对王安石变法。哲宗立，请求革去熙宁新法，但反对司马光复差役旧法。后拜相。哲宗亲政后被贬。范正平：范纯仁子。吕公著（1018—1089）：北宋大臣，反对王安石变法。哲宗即位后，与司马光同被召用，任尚书右仆射兼中书侍郎，废新法。司马光死后，独当国政。吕希仁：吕公著子。 ④ 贞元朝士无多：本唐刘禹锡《听旧宫人穆氏唱歌》“休唱贞元供奉曲，当时朝士已无多”句意。从此“贞士朝士”成为了前朝旧臣的代称。贞元是唐德宗的年号。

尘冷落，天子开明史局①，根括天下藏书，于是东林党籍稍稍复出，而先生父子皎然与日月争光，可不谓之荣耶！

先生讳贞慧，字定生。陈氏为止斋之后②，由永嘉徙宜兴，遂为望族。曾祖讳宪章，祖讳一经，皆赠左都御史③。父讳于庭，仕至左都御史，赠少保④。母张氏，赠夫人；生母汤孺人⑤。少保四子：长贞贻，有文名而夭；次贞裕，天启甲子举人⑥；次贞达，户部主事⑦，左迁顺天知事⑧，国变死节；季即先生也。

先生幼而奇杰，少保丧其才子，居恒郁郁不乐，顾先

① “天子”句：指明史馆开设事。明史馆前后开过三次，第一次是顺治二年(1645)，因诸事草创，迁延未成；康熙四年(1665)，重开史馆，又因事而止；至十八年再次开馆。 ② 止斋：陈傅良(1137—1203)，字君举，号止斋，温州瑞安人，南宋学者。为官敢于抗疏谏君，为学主张“经世致用”，反对性理空谈，与其师薛季宣同开永嘉学派之先声。著作有《止斋文集》等。 ③ 赠：以官爵追封死者。 ④ 少保：高级的荣誉性官职。 ⑤ 孺人：明清时本为七品官之母或妻的封号，这里只是对妇女的尊称。 ⑥ 天启甲子：即1624年。 ⑦ 户部主事：户部，朝廷掌管户口、财赋的官署。主事：官名，是各部官署中的低级官员，官阶为正六品。 ⑧ 左迁：贬授。顺天：顺天府，治所在今北京。知事：是顺天府府尹手下的从八品小官。

生在侧，曰："赖有此耳！"弱冠①，补弟子员②，廪于学宫③。侍少保宦游南北，凡朝政之缺失，君子小人之消长，口谈笔记，皆出经生闻见之外④。居家孝谨，庭闱之内⑤，无疾言遽色。念长兄之才，恐其遂至沦没，因梓行其书⑥。少保没，同邑故相以生前睚眦⑦，修怨其孤⑧，有取子毁室之虞，先生搘定良苦⑨。故相知其不可以力屈也，好言慰藉之，先生落落如故⑩。

时周仲驭、沈眉生读书句曲⑪，先生与吴次尾读书亳村⑫，皆好佐王之学，独持清议⑬，裁量公卿，天下望之如

① 弱冠：古时男子以二十岁为成人，初加冠，故称弱冠，弱是年少的意思。 ② 弟子员：明代称县学生员为弟子员。 ③ 廪（lǐn 凛）：明制，府、州、县皆置学，每人每月给廪米六斗。食廪的叫廪膳生员，简称廪生。 ④ 经生：这里指只知读几部经书的人。 ⑤ 庭闱：父母居住的房间。 ⑥ 梓（zǐ 紫）行：刻版发行。 ⑦ 同邑故相：指周延儒（见第 73 页注⑥）。睚眦（yá zì 牙自）：原为瞪眼睛，引申为小怨小忿。 ⑧ 修怨：报怨。 ⑨ 搘（zhī 支）：支撑。 ⑩ 落落：豁达坦荡。 ⑪ 周仲驭：周镳，字仲驭，江苏金坛人。阮大铖谋复出时，草《留都防乱揭》，后为阮大铖所杀。沈眉生：沈寿民，字眉生，安徽宣城人。句（gōu 钩）曲：山名，即茅山，在今江苏西南部。 ⑫ 吴次尾：吴应箕，字次尾，安徽贵池人，复社中坚，清兵南下后曾起兵抵抗。亳（bó 博）村：属江苏宜兴。 ⑬ 清议：公正的评论。

镆铘出匣[①]。当是时，乌程执政八年[②]，以禁锢东林为事，淄川、韩城承其衣钵[③]。东林虽时出弹射[④]，有胜有不胜，而终不能覆妖鸟之巢，以得志于时。漳海在狱[⑤]，利害尤急，三吴君子间出奇计，谓不如援彼党一人以为两家骑邮，庶放东林出一头地。佥诣故相[⑥]，而故相所最暱者为阮大铖。大铖亦从吴中呫嗫耳语曰[⑦]："苟使大铖

① 镆铘：亦作莫邪。宝剑名。 ② 乌程：指温体仁（1573—1638），明浙江乌程（今吴兴）人，万历进士。崇祯六年（1633）代为首辅后，图谋起用魏忠贤余党，陷害异己多人。 ③ 淄川：即张至发，山东淄川人。万历进士，崇祯八年任首辅。韩城：即薛国观，陕西韩城人。万历进士，由温体仁密荐于帝，崇祯十年任首辅。这二人都仇视东林党人。 ④ 弹（tán 谈）射：用言语指责。 ⑤ 漳海：即黄道周。黄是福建漳浦人，漳浦在海边，所以称漳海。道周号石斋，以文章风节闻名天下，屡向崇祯讽谏，崇祯用杨嗣昌，黄弹劾，触怒崇祯，被捕在狱，后贬官谪戍，弘光时起用为礼部尚书，后抗清殉难。 ⑥ 佥：都、皆。故相：指周延儒（1593—1644），明宜兴人。万历进士，崇祯三年为首辅，在官庸懦贪鄙，六年被温体仁排挤罢官。十四年再起用，后因事被赐死。 ⑦ 呫嗫（tiè niè 帖聂）：附耳轻语。

得改事诸君，所谓生死而肉骨也。”溺灰阳焰①，置酒高会②，南中之士入其牢笼者强半③。吴中诸公恐仲驭未之许也，邀之半道，会于虎丘，天如、来之以谋告④，仲驭持论不下（此仲驭亲为余言，今人恐无知者）。会眉生保举入京，劾杨武陵⑤，并及大铖妄画条陈，鼓煽丰芑⑥，大铖始阻丧。先生与次尾因草《留都防乱揭》。顾子方曰⑦：“大铖者，吾祖之罪人也，吾当为揭首。”其次则天启忠臣之家，故余与左、魏继之，一时胜流咸列其姓名。大铖杜门咋舌欲死⑧。故相出山，大铖犹不忘援手，故相

---

① 溺灰阳焰：这是用《史记·韩长孺传》的典故，说韩安国曾被下狱，狱吏田甲辱安国，安国说：“死灰独不复然？”意思是自己虽是已熄灭的灰，还有可能重新烧起来，田甲说：“然即溺之！”即说用小便来把他浇灭，后来这就成为了“死灰复燃”这一成语。这里说溺灰阳焰，即死灰复燃的意思，阳焰即烧起来。 ② 高会：大宴会。 ③ 南中：这里指南京。 ④ 天如：张溥之字。明太仓人，崇祯进士，诗文敏捷，与同里张采齐名，号“娄东两张”。曾结合名士结复社，为执政者所忌。来之：吴昌时之字，吴也是复社名士。 ⑤ 杨武陵：即杨嗣昌，湖南武陵人，万历进士，崇祯时主持镇压农民起义，后因李自成打破洛阳，畏罪不食而死。 ⑥ 丰芑（qǐ 岂）：《诗经·文王有声》：“丰水有芑。”郑玄笺：“丰水犹以其润泽生草，武王岂不以其功业为事乎？”此指阮大铖策划军事。 ⑦ 顾子方：顾杲字，杲是顾宪成之孙。后抗清殉难。 ⑧ 咋（zé 责）舌：嚼舌，形容不敢说话。

曰："南中议论与吴中驳异，未便可动。"大铖曰："废籍马士英①，某之化身也，其可乎？"故相诺之而去。

崇祯己卯②，金陵解试③，先生、次尾举国门广业之社④，大略揭中人也。昆山张尔公⑤、归德侯朝宗⑥、宛上梅朗三⑦、芜湖沈昆铜⑧、如皋冒辟疆及余数人⑨，无日不连舆接席，酒酣耳热，多咀嚼大铖以为笑乐。士英定策⑩，大铖暴起，国狗之瘈无不噬也⑪，遂广揭中姓名以造《蝗蝻录》，思一网杀之。仲驭下狱死，眉生、次尾、昆铜皆亡命，余与子方以徐署丞疏逮问⑫，而先生亦为校尉

---

① 废籍：被罢官了的。马士英（约1591—1646），万历进士，崇祯五年（1632）因私用公款被罢官。崇祯十五年（1642）通过周延儒起用，崇祯帝自杀后他拥立福王朱由崧于南京，任东阁大学士，起用阮大铖，镇压东林党人，排斥史可法等。② 崇祯己卯：1639年。③ 解试：又称"乡试"。明清时每三年一次在各省省城举行的考试。中者称举人。④ 举：兴办。国门广业：社名。⑤ 张尔公：张自烈，字尔公。⑥ 侯朝宗（1618—1654）：侯方域，字朝宗，河南商丘人，有才名。明末与陈贞慧等合称四公子。⑦ 梅朗三：梅朗中，字朗三，安徽宣城人。⑧ 沈昆铜：沈士柱，字昆铜，安徽芜湖人。⑨ 冒辟疆：冒襄（1611—1693），字辟疆，江苏如皋人，四公子之一。明亡隐居不仕。⑩ 定策：大臣拥立皇帝叫定策。这里指崇祯死后，马士英在南京拥立了福王。⑪ 瘈（zhì 至）：狂、疯。"国狗"句语出《左传·哀公十二年》。喻妒贤害能之人。⑫ 徐署丞：指魏党徐大化之侄，官光禄丞。

缚至镇抚①，事虽解，已滨十死矣②。若是乎弘光南渡，止结得《留都防乱揭》一案也！

国亡之后，残山剩水，无不戚戚可念。埋身土室，不入城市者十余年。先生即甚贫乎，而遗民故老时时犹向阳羡山中一问生死③，流连痛饮，惊离吊往，恍然如月泉吟社也④。所著有《皇明语林》、《山阳录》、《雪岑集》、《交游录》、《秋园杂佩》、《八大家文选》若干卷。生于万历甲辰十二月九日⑤，卒于顺治丙申五月十九日⑥，年五十三。配汤孺人，左都御史汤公兆京女。子男五人：长维崧，翰林院检讨⑦；次维嵋，庠生⑧；次维岳，太学生⑨；次宗石，黎城县丞⑩；次维冈。女二人，吴璟、吴全昌其婿

① 镇抚：镇抚司，明代的锦衣卫和各省诸卫都设有镇抚司，施酷刑以虐民。 ② 滨：通濒，迫近。十死：极言遭遇险恶。参见本书《山居杂咏》其一和《五老峰顶万松坪阁古古夜话限韵》。 ③ 阳羡：古地名，在今江苏宜兴市南。 ④ 月泉吟社：宋亡后遗民所组织的诗社。宋末吴渭曾官义乌令，入元隐居吴溪，创此社，请遗民诗人方凤、谢翱等主持。其诗作多隐含追怀宋室的思想。 ⑤ 万历甲辰：1604年。 ⑥ 顺治丙申：1656年。 ⑦ 检讨：明清一般以三甲进士在翰林院以庶吉士身份学习期满后任翰林院检讨。陈维崧是博学宏儒科中式任翰林院检讨的。 ⑧ 庠(xiáng 祥)生：生员。 ⑨ 太学生：在国子监读书的为太学生。 ⑩ 黎城：县名，今山西黎城。县丞：县令的辅佐官。

也。孙男四人：履端、履庆、伊、瀍①。孙女十一人。维崧以先生卒后六年十一月葬于亳村新阡②，又后十有八年从京师函币寄余③，求铭幽石。维崧以博学宏儒征入史局④，天下方藉以发潜德之幽光，而况于其先公乎！乃不惮数千里之远，下讯草野，其亦司马子长征于夏无且之意与⑤？

铭曰：呜乎！是为弘光党人之墓。佞臣过之，犹避其风雨。

【翻译】

愚蠢极了，小人的愚蠢啊！小人仇视君子，一定要指君子为朋党，大书深刻，列出他们的姓名，想使后代的人同样地恨他们。然而蔡京立《元祐奸党碑》，所列出的三百零九人，后人却为他们列传；韩侂胄立《庆元党人碑》，而刘后溪便把"庆元党人"这名称用来称游监簿的

---

① 瀍：(chán 缠)。② 阡(qiān 千)：坟墓。③ 币：这里是礼物、润笔。④ 博学宏儒：这指康熙十八年(1679)开的博学宏儒科。⑤ 司马子长征于夏无且：事见《史记·刺客传》。夏无且是秦王嬴政的侍医，荆轲行刺时，他以药囊击荆轲救秦王命。公孙季功等与夏无且有过交往，详知此事，并告诉了司马迁。这里黄宗羲自比夏无且，以示自己亲历其事，而以司马迁比陈维崧。

墓，党人的家族，也都拿这个名称来称自己的门第。根据小人之心，本认为被称为“党人”便不胜其辱了，哪里知道这恰恰使他们荣耀呢！天启年间，逆阉窃取了国家大权，当时有《百官图》、《邪党录》、《天鉴录》、《同志录》、《点将录》，用来杀尽朝廷之士，即所谓东林党人。其中的侍从之臣，除了杨涟、左光斗以外，宜兴少保陈公是魁首。崇祯末年，阮大铖作《蝗蝻录》，将复社中的名士一一填入，说是东林的后劲，想用来杀尽天下的清流。其中定生先生是魁首。按元祐党人中，只有司马光、司马康，范纯仁、范正平，吕公著、吕希仁父子同在党籍，而先生父子实与他们相似。到今天又已四十年，“贞元朝士”所余无多，经过兵灾战尘顿形冷落，天子开设明史局，搜罗天下的藏书，于是名列东林党籍的渐渐露面，而先生父子皎然与日月争光，能不说是荣耀么！

先生名贞慧，字定生。陈氏是止斋的后裔，从永嘉迁到宜兴，于是成为名门。曾祖父名宪章，祖父名一经，都封赠左都御史。父名于庭，仕至左都御史，赠少保。母张氏，赠夫人；生母汤孺人。少保有四子：长子贞贻，有文名而早死；次子贞裕，天启甲子举人；三子贞达，户部主事，左迁任顺天府知事，国破时殉节而死；最小的就是先生。

先生少年时就奇异杰出，少保因为自己有才名的长子死去，平时常郁郁不乐，看见先生在身边，说："幸亏还有这一个啊！"二十岁时补了弟子员，食廪于学宫。跟随少保宦游南北，举凡朝政的缺失，君子小人的消长，口谈笔录，都超出经生的见闻之外。在家里孝顺恭谨，庭闱之内，从没有疾言厉色。心念长兄的文才，怕就这样湮没了，就把他的书刻板印行。少保死后，同乡的某旧相因与少保生前有小事过不去，要对遗孤报怨，有家破人亡的危险，先生苦心支撑。旧相知道用强力不能使他屈服，好言抚慰先生，先生落落如故。

当时周仲驭、沈眉生在句曲读书，先生和吴次尾在亳村读书，他们都喜爱辅佐王者之学，独持清议，评量公卿，天下人看他们如同莫邪出匣。那时，乌程已为相八年，专门禁锢东林党人，淄川、韩城继承他的衣钵。东林党人尽管常常发出抨击，有时获胜有时不胜，但终究未能捣毁妖鸟的巢穴，以得志于当时。漳海被关进监狱，情况更为危急，三吴君子有人出奇计，说不如援引他们党中某个人给两家互通信息，才可让东林党出一头地。于是大家都去找旧相，而旧相最亲昵的是阮大铖。大铖也在苏州对人家附耳低语说："如让大铖能改过来侍奉诸君，这就是使我死而复活，枯骨生肉了。"他死灰复燃，置酒高会，南京的士人受他牢笼的过半。吴中诸公怕周仲驭不同意，在半路上邀请他，到虎丘聚会，张天如、吴来之以此计划相告，仲驭难下判断(这是仲驭亲口对我说的，如今人们恐怕没有知道的)。正逢上沈眉生被保举进京，上疏弹劾杨武陵，连及到阮大铖乱作条陈，鼓动用兵。这样一来，阮大铖才沮丧泄气。先生与吴次尾因而写了《留都防乱揭》。顾子方说："阮大铖，是我祖父的罪人，我应该在揭上第一个署名。"其次则是天启年间忠臣之家，所以我同左、魏跟着署名，一时的名流都列上姓名。阮大铖闭门咋舌，怕得要死。旧相出山要重掌政权，阮大铖还没有忘记要他帮忙，旧相说："南京的舆论和吴中绝不一样，不可以轻动。"阮大铖说："被罢了官的马士英，是我的替身，可以吗？"旧相答应了离去。

崇祯己卯年，金陵解试，先生、吴次尾兴办"国门广业"之社，社内大多是《揭》中署名的人。昆山张尔公、归德侯朝宗、宛上梅朗三、芜湖沈昆铜、如皋冒辟疆和我几个人，没有一天不车马相接同赴酒宴。在酒酣耳热之际，常常讥刺谈论阮大铖以取乐。马士英拥立福王，阮大铖骤然被起用，犹如国中的狗发了疯无人不咬，于是将《揭》中署名的加以扩大增加编造了《蝗蝻录》，想一网打杀。周仲驭下狱死，沈眉生、吴次尾、沈昆铜都逃亡，我和顾子方因徐署丞疏被逮捕审问，而先生也被校尉绑到镇抚司。后来案件虽撤消，却人已濒临十死了。就这样弘光南渡，只结了《留都防乱揭》这一桩公案啊！

国亡之后，残山剩水，无不使人哀痛怀念。先生住在土屋之中，不入城市有十多年。先生现今很穷困吗？而遗民故老还常常到阳羡山中来探问他的生死，跟他流连痛饮，追吊故人，就像宋遗民的“月泉吟社”一般。先生所著有《皇明语林》、《山阳录》、《雪岑集》、《交游录》、《秋园杂佩》、《八大家文选》若干卷。生于万历甲辰年十二月九日，死于顺治丙申年五月十九日，享年五十三。妻汤孺人，是左都御史汤公兆京的女儿。子五人：长子维崧，翰林院检讨；次子维嵋，庠生；三子维岳，太学生；四子宗石，黎城县县丞；幼子维冈。女二人，吴璟、吴全昌是女婿。孙儿四人：履端、履庆、伊、瀍。孙女十一人。维崧在先生死后六年十一月将先生葬于亳村新阡，再过十八年从京城寄润笔给我，请求我作墓志铭。维崧以博学宏儒而被征入史局，天下正靠他来发潜德之幽光，更何况对他的先公！却不怕数千里的遥远，下询我这草野之民，这也是司马子长征遗事于夏无且的意思吧！

铭曰：呜乎！这是弘光党人的坟墓。奸佞之臣经过这里，还要躲避他的风雨。

书澹斋事

这是一篇关于杭州大佛头寺僧人澹斋的传记。澹斋曾因杀人入狱。备尝监狱生活的万般困苦，于是出狱后出家为僧，决心以帮助狱中囚犯为己任。他有强烈的正义感，不畏艰苦，要赎忠臣的妻儿出狱。作者在这篇传记中对此深表敬意。

澹斋者，武林大佛头寺僧也①。金陵人②。尝以杀人入狱，为狱吏所困苦，久之得脱。以为人世不堪，无踰

① 武林：今浙江杭州。 ② 金陵：今江苏南京。

于囚①，遂舍身为僧，发愿以济狱中之人。每晨担粥饭，遍行各狱，聚囚而饭之，旬日则为具汤沐②，夏则竹扇、疏巾③，冬则席藁④、败絮。诸凡菲屦木齿、丸子膏药、凉水姜汤、驱蚊杀虫，琐碎当厄之物⑤，无不曲体备用⑥。囚见其入狱门，欢呼如孺子之见慈母焉⑦。比户亦怜其志⑧，有所请假，使之应手不匮。盖数十年如一日也。

岁戊戌四月⑨，余宿昭庆寺⑩，澹斋来求募疏⑪，欲泥金佛首，余作一偈与之⑫。一日，澹斋衔袖，堕一纸，拾之，则两人姓名。余惊问："此□□妻与子也⑬，汝何自书之？"澹斋伪为不知状。余固问之，始曰："两人在仁和狱中⑭，僧因饭囚，故习之，知其为忠臣家属也。今开赎例，得四十金，则两人可矣。世路悠悠，无可告语，书之以识吾愿耳。"余曰："此吾辈事也，奈何累子？"时钱虞山亦寓

---

① 踰（yú 于）：同"逾"，超过，越过。 ② 汤沐：沐浴。 ③ 疏巾：粗布毛巾。 ④ 席藁（gǎo 搞）：用禾杆编成的席子。 ⑤ 菲屦（jù 巨）：草鞋。当厄：指对付疾苦。 ⑥ 曲体：尽心竭力。 ⑦ 孺子：儿童。 ⑧ 比户：比邻，邻居。 ⑨ 戊戌：顺治十五年（1658）。 ⑩ 昭庆寺：在杭州。 ⑪ 募疏：僧尼募化财物的缘起文章。 ⑫ 偈（jì 季）：佛经中的颂言，多用三、四、五、六、七或多言为一句，四句为一偈。 ⑬ □□：这里是作者故意空缺两字，当是明室忠臣的姓名。 ⑭ 仁和：当时杭州府城内有仁和、钱塘两县。

武林①，余弟晦木往告之，以五十金俾澹斋。过三日，□□之子来告得赎。劝之他往，迁延不决，复见收捕。然澹斋之心尽矣。

澹斋貌朴野。尝言："灵隐具德上堂②，某出众问话，具德棒之，某却棒，不得打。具德大怒。鞭朴交下③，死弃山门外，待夜下火④。有菜佣过而识之，负去得活。"澹斋虽怨具德，其称之必曰老和尚。余面谩之曰⑤："子真不识造化者耶？"至是而始敬之。然从此以后，亦遂不相记忆。

今岁丙辰⑥，偶见范文园谈丛林事⑦。余曰："僧中人物，未必尽在丛林。"文园曰："某所交，如悟玄之拾字，澹斋之饭因，皆以一事终其身，亦异人也。"余曰："所谓澹斋者，得非大佛头寺僧乎？"曰："然。"余问近况何状，文园曰："噫，死矣！澹斋自湖上迁城内小庵，去年鼓楼

---

① 钱虞山：指钱谦益。钱是江苏常熟人，虞山是常熟的雅称。故称。 ② 灵隐：灵隐寺，在杭州。具德：具德弘礼，俗姓张，主持灵隐寺，有大名，康熙六年(1667)卒。上堂：讲经说法。 ③ 朴：通"扑"，打人的器具。 ④ 下火：佛教徒火葬时举行的燃火仪式。 ⑤ 谩：通"慢"，轻慢。 ⑥ 丙辰：康熙十五年(1676)。 ⑦ 丛林：寺院又称丛林。《智度论》：聚僧之处得名丛林。

火，澹斋与焉，又迁而卒，塔临平山[①]。”又曰：“先生既识其人，盍一言不朽其人[②]，俾某刻之塔上[③]?”余遂诺之。

为说者曰：令曰狱屋时当完固，厚其草蓐[④]，家人饷馈[⑤]，狱卒为温暖传致，去家远、无饷馈者，悉给廪[⑥]，狱卒作食，寒者与衣，疾者与医药。夫圜土之设[⑦]，圣人之所不得已也，不得已而救之于末流，亦且详慎哀矜如此。故澹斋之所为，皆有司之事也[⑧]。此不为而彼为之，可叹哉！至其救忠义，行任侠，吾不得以浮屠目之矣[⑨]。

【翻译】

澹斋，是武林大佛头寺的僧人，金陵人氏，曾因杀人入狱，被狱吏所折磨，很久以后才得出狱。他认为人世中最忍受不了的，莫过于做囚徒了，于是舍身做了僧人，发愿要救助狱中的囚徒。每天早上担了粥饭，走遍各个监狱，招集囚犯让他们吃，每十天则为他们准备热水沐浴，夏天则带上竹扇、粗毛巾，冬日则带上席子、破棉絮，诸如草鞋木屐、药丸膏药、凉水姜汤及驱蚊杀虫等种种

---

① 塔：佛教建筑，本用于给僧人保存骨灰，这里用作动词，即埋葬骨灰。 ② 盍(hé 何)：何不。 ③ 俾(bǐ 比)：使。 ④ 草蓐(rù 入)：草席，草垫。 ⑤ 饷馈：赠送粮食。 ⑥ 廪(lǐn 凛)：粮食。 ⑦ 圜(yuán 园)土：监狱。 ⑧ 有司：官吏。 ⑨ 浮屠：指僧人。

对付疾苦的东西，无不尽心竭力准备下以供应用。囚犯见他踏入监狱门，欢呼如同孩子见到了慈母。邻舍们对他的志愿也同情，有什么要借的，都使他到手不感缺乏。这样几十年如一日。

戊戌年四月，我住在昭庆寺，澹斋来求我写募化财物的疏文，准备在佛头上泥金，我作了一首偈给他。有一天，澹斋捋袖子，掉下一张纸，拾起来一看，则是两个人的姓名。我吃惊地问："这是某某的妻与子，你从哪里抄来的？"澹斋假装不知道的样子。我追问，他才说："这两个人在仁和的监狱里。我因为给囚犯送饭，才熟悉了他们，知道他们是忠臣的家属。现在颁布了赎人的条例，有四十两银子，两人就可出狱了。世路悠悠，无处可以求诉，只能写了名字记下我的愿望罢了。"我说："这是我们这些人的事，为什么要麻烦你呢。"此时钱虞山也住在武林，我弟晦木去告诉他此事，他出五十两钱子给澹斋。过了三天，某某的儿子来告诉我被赎出了。我劝他到别处去，他拖延不决，又被抓了回去。但澹斋的心意已经尽到了。

澹斋外貌朴实粗鲁。他曾说："有一次灵隐寺具德和尚讲经说法时，我从人众中站出来问话，具德便拿棒打我。我把棒子挡回去，没让他打到。具德大怒，叫人鞭子木棍一起打下，我被打得昏死过去，又被丢到山门外，等夜里火化。有个菜佣走过时认出了我，背着我离开了，我才得活转。”澹斋为此尽管怨恨具德，但称呼他时一定叫老和尚。我当面轻慢他说：“你真是不识造化的人啊。”但从此也就敬重他。然而从此以后，也就不相记忆了。

今年丙辰，偶然见到范文园，谈起寺院中事。我说：“僧中的人物，不一定都在丛林里。”文园说：“我所交往的，像悟玄的拾字纸，澹斋的给囚犯送饭，都终身专做一件事，也是非常之人了。”我问：“所说的澹斋，莫非大佛头寺的僧人吗？”文园说：“是的。”我问他近况怎样，文园说：“啊，死了！澹斋从西湖边上迁至城内小庵，去年鼓楼失火，澹斋的小庵也被烧掉，又迁到别的地方之后死了，葬骨塔在临平山。”又说：“先生既然认识他，何不为他写几句使他不朽，让我刻在塔上。”我就答应了。

为说者说道：法令规定监狱的房子应当时时完整坚实，草垫要加厚，家里人送饮食，狱卒要给加热传送。离家远、无人送饮食的，全部供给粮食。让狱卒给做饭，冷的给衣服，病的给医药。监狱的设置，是圣人不得已而为的，不得已把囚犯救之于末流，尚且详慎哀矜如此。因此澹斋所做的事，本来全是官吏的事情。官吏不做而澹斋做了，可叹啊！至于他救忠义，行任侠，我更不能把他看做和尚了。

张南垣传

书画在古代中国素受推崇，为什么同是艺术，而园林建造则常被士大夫轻视？因为前者还是文士之余韵，而后者则属于巧匠之能事。在古代，艺术也是小道，何况是属于技艺一类呢？吴伟业曾为著名园林建筑家张涟立传，黄宗羲认为写得不好，重写了这篇，记录下张涟的艺术见解和建园技巧，很可一读。

古今之事，后起之胜于前者多矣。故烹饪起于热石①，

① 热石：在烧热的石头上烤熟食物。

玉辂基于椎轮[1]。即如画家有人物有山水，汉唐以来，梵天帝释、圣主名臣之像皆以绘画[2]，其后稍稍通之而为塑土、范金、抟换[3]。元刘元欲造岳庙侍臣像，心计久之，未措手也，适阅秘书图画[4]，见唐魏征像[5]，矍然曰[6]："得之矣！非若此莫称为相臣者。"遽走庙中为之，即日成。以此知雕塑之出于画也。然画师之名者不胜载，而塑土之名者一二耳。至于山水，能、妙、神、逸[7]，笔墨之外，无所用长，未有如人物之变而为塑者，则自近日之张涟始。

张涟，号南垣，秀水人[8]。学画于云间之某[9]，尽得其笔法。久之而悟曰："画之皴涩向背[10]，独不可通之为叠石乎！画之起伏波折，独不可通之为堆土乎！今之为假山者，聚危石，架洞壑，带以飞梁，矗以高峰，据盆盎之

---

① 玉辂(lù 路)：玉饰的皇帝专用车。椎轮：原始的无辐车轮。 ② 梵(fàn 饭)天：本是印度婆罗门教的创造之神，在佛教中降为释迦牟尼侍者。帝释：本是印度神话中的天神，后亦降为释迦牟尼侍者。 ③ 塑土：用泥土塑造人物形象。范金：以模子作铜器，这里指用铜在模子里造像。抟(tuán 团)换：陶工制坯捏造泥像。 ④ 秘书：宫禁中藏书。 ⑤ 魏征：唐太宗时贤相。 ⑥ 矍(jué 绝)然：惊动貌。 ⑦ 能、妙、神、逸：中国古代画论中品评书画艺术的四个等级。北宋黄休复《益州名画录》即如此分。 ⑧ 秀水：今浙江嘉兴。 ⑨ 云间：旧江苏省松江府的别称，府治在今上海松江区。 ⑩ 皴涩向背：都指中国山水画中石块和山石的画法。

智以笼岳渎①，使入之者如鼠穴蚁垤②，气象蹙促③，此皆不通于画之故也。且人之好山水者，其会心正不在远。”于是为平冈小坂、陵阜陂陁④，然后错之石⑤，缭以短垣，翳以密篠⑥，若是乎奇峰绝嶂，累累乎墙外，而人或见之也。其石脉之所奔注，伏而起，突而怒，犬牙错互，决林莽、犯轩楹而不去，若似乎处大山之麓，截溪断谷，私此数石者为吾有也。方塘石洫，易以曲岸回沙⑦，邃闼雕楹，改为青扉白屋⑧，树取其不凋者，石取其易致者，无地无材，随取随足，或者以平泉为多事⑨，朱勔真笨伯矣⑩。当其土山初立，顽石方驱，寻丈之间⑪，多见其落落难合，而忽然以数石点缀，则全体飞动，若相唱和。荆

---

① 盆盎之智：即制作盆景的技巧。盎是一种大腹敛口的盆。岳渎（dú 读）：五岳四渎，这里泛指山川。 ② 蚁垤（dié 蝶）：蚂蚁洞口的小土堆。 ③ 蹙（cù 醋）促：紧迫。 ④ 坂（bǎn 板）：小土坡。陵阜：土山。陂陁（pō tuó 坡陀）：倾斜的土坡。 ⑤ 错：交错。 ⑥ 翳（yì 义）：遮蔽。篠（xiǎo 小）：小竹。 ⑦ 洫（xù 叙）：水渠。 ⑧ 邃（suì 遂）：深远。闼（tà 踏）：门。楹（yíng 迎）：柱子。 ⑨ 平泉：平泉别墅。唐宰相李德裕在洛阳伊阙置，广搜奇花异石。 ⑩ 朱勔（miǎn 免）：北宋苏州人（1075—1126）。宋徽宗喜奇花异石，设奉应局于苏州，由朱勔掌管，大事搜括，舟车相接，运往京城，号为“花石纲”。
⑪ 寻：古八尺为寻。

浩之自然①，关同之古淡②，元章之变化③，云林之萧疎④，皆可身入其中也。

涟为此技既久，土石草树，咸能识其性情。每创手之日，乱石如林，或卧或立，涟踌躇四顾，主峰客脊，大礐小礉⑤，皆默识于心。及役夫受命，涟与客方谈笑，漫应之曰，某树下某石可置某所。目不转视，手不再指，若金在冶，不假斧凿，人以此服其精。

涟为人滑稽，好举委巷谐谑以资抚掌⑥。梅村新朝起用⑦士绅饯之，演传奇至张石匠，伶人以涟在坐，改为李木匠，梅村故靳之⑧，以扇确几⑨，赞曰："有窍⑩。"哄堂

① 荆浩：五代后梁画家，擅画山水，是中国山水画发展过程中有影响的画家。 ② 关同：一作关仝，五代后梁画家。画山水以荆浩为师，尤擅秋山寒梅。 ③ 元章：米芾字，北宋画家(1051—1107)。画山水不求工细，多用水墨点染。画史上有"米家山"、"米氏云山"和"米派"之称。 ④ 云林：倪瓒号，元画家(1306—1374)。擅画水墨山水，所作多取材于太湖一带景色，意境清远萧疏。 ⑤ 礐(yù 誉)：矿石。此指巨石。礉(qiāo 敲)：小石。 ⑥ 委巷：僻陋曲折的小巷，泛指民间。谐谑(xuè 穴)：开玩笑。抚掌：拍手。表示高兴的神态。⑦ 梅村：即吴伟业，号梅村，太仓人。明崇祯进士，弘光朝任少詹事，康熙时被逼出仕清朝，任国子监祭酒，不久以母病辞归，是明末清初的著名诗人。 ⑧ 靳(jìn 劲)：奚落、嘲笑。⑨ 确：通"榷"，敲击。 ⑩ 有窍：有窍门，灵窍。

一笑。涟不答。及演至买臣妻认夫①，买臣唱："切莫题起朱字②"，涟亦以扇确几曰："无窍③。"满堂为之愕眙④。梅村不以为忤。有窍、无窍，吴中方言也⑤。

三吴大家名园皆出其手⑥。其后东至于越，北至于燕⑦，请之者无虚日。涟有四子，皆衣食其业，而叔祥为最著。

【翻译】

古往今来的事物，后起的胜于原有的多得很，所以烹饪起源于热石，玉辂基础于椎轮。便如画家有画人物有画山水，汉唐以来，梵天帝释、圣主名臣之像都用绘画，其后渐渐演变为泥塑、铸造、抟换。元代刘元要塑岳庙的侍臣像，心中筹划了许久，还没有下手，恰好看到官

---

① 买臣妻认夫：传奇演朱买臣家贫，其妻别嫁张木匠，后朱任本郡太守荣归故乡，在道上见前妻与其后夫，接至官署，住在园中，其故妻不久自缢。 ② 切莫题起朱字：明代皇帝朱姓，张涟借此讥笑吴氏本明代故臣，又出仕清朝。题，通"提"。 ③ 无窍：没有窍门，没有灵窍。 ④ 愕眙（chì 赤）：惊视。 ⑤ 吴中：今江苏苏州地区。 ⑥ 三吴：古地区名，历来说法不一。一指今湖州、苏州、绍兴；一指今苏州、湖州、丹阳；一指今苏州、镇江、湖州。 ⑦ 越：古时越国有浙江杭州以南，东到海一带地方，这里用来指浙江的一部分。燕（yān 烟）：这里用来指北京。

廷中的藏画，见唐魏征像，惊喜地说：“找到了，不像这样，就不能称相臣。”急忙走进庙中塑起来，当日就完成。从此可知雕塑是出于绘画。然而画师中的名家多不胜记，而塑像的名家只有一二位而已。至于山水，能、妙、神、逸，在笔墨之外，无所用其长，没有能像人物画之变而为雕塑，有之则从近日张涟开始。

张涟，号南垣，秀水人。他向云间某人学画，全部学到了他的笔法。时间久了醒悟道：“绘画的皴涩向背，难道不可以通之于叠石吗？画的起伏波折，难道不可以通之于堆土吗？如今做假山的，聚集危石，架起洞壑，带之以飞梁，矗之以高峰，用做盆景的技巧来笼罩山川，使人走进去像在鼠穴蚁垤中，气势局促，这都是不通绘画的缘故。而且人的喜爱山水，会心正不在远。”于是筑成平冈小坡，陵阜陂陁，然后把石块交错放置，用短墙围绕，用密竹遮蔽，这样奇峰绝嶂，就累累乎在墙外。而人可以看到，石脉之所奔注，则伏而又起，突而且怒，犬牙交错，冲决林莽，侵犯轩楹而不去，好像身在大山山脚，截断溪谷，把这些佳石据为我有了。把方塘石洫换成曲岸回沙，把幽闼雕楹换成青门白屋，树取不会凋敝的，石取容易得到的，无处无材，随取随足，这样平泉真是多事，朱勔真是笨伯了。当土山刚堆起，顽石刚驱动，寻丈之间，多看它落落难合，而忽然用几个石块加以点缀，便全体飞动，好像互相呼应唱和。荆浩的自然，关同的古淡，元章的变化，云林的萧疏，都可以化为园景而身入其中。

张涟操这门技艺日子既久，土石草树，都能辨识其性情。每当造园肇始之时，乱石如林，有的卧有的立，张涟踌躇四望，主峰客脊，大石小石，都暗记在心中。到工役听命时，张涟与客人谈笑，随便应声说，某树下某石可放某处。眼睛不再回头看，手也不再指，好像金已在冶炼，不用斧凿，人们因此都佩服他的技艺精湛。

张涟为人滑稽，喜欢说里巷的趣话以资逗笑。吴梅村被新朝起用，士绅设酒宴送行，演传奇说到张石匠，优伶因张涟在坐，改说李木匠，吴梅村特意嘲弄他，拿扇子敲了一下小几，称赞说："有窍。"满堂的人都笑了起来。张涟一声不响。等演到朱买臣故妻认夫时，朱买臣唱："切莫提起朱字。"张涟也拿扇子敲了一下小几说："无窍。"满座的人为之惊骇，梅村不以为冒犯。有窍、无窍，是吴中的方言。

三吴富贵人家的名园都出于张涟之手，后来东到越，北到燕，请他的一年到头不断。张涟有四个儿子，都把这一行作为职业，而老三叔祥最为著名。

柳敬亭传

柳敬亭是明末清初著名的说书艺人，不少文人学者曾记述他的事迹。吴伟业的《柳敬亭传》着重写柳敬亭在左良玉幕府中的活动，说柳“善用权谲，为人排患解纷”，将柳比做战国时的鲁仲连。黄宗羲认为其“失轻重”，“倒却文章家架子”，因而重写了这篇，“使后生知文章体式”。

余读《东京梦华录》、《武林旧事》①，记当时演义、小

①《东京梦华录》：南宋初孟元老撰，是一部记叙北宋京城汴梁（今河南开封）的地物风貌、人情掌故的书。《武林旧事》：南宋周密为追忆南宋都城临安（今浙江杭州）而作。其中对宫廷典制、风俗及说唱艺人和乐工的记叙颇为详细。

说者数十人[①]。自此以来，其姓名不可得闻，乃近年共称柳敬亭之说书。

柳敬亭者[②]，扬之泰州人[③]，本姓曹。年十五，犷悍无赖，犯法当死，变姓柳，之盱眙市中为人说书[④]，已能倾动其市人。久之，过江[⑤]，云间有儒生莫后光见之[⑥]，曰："此子机变，可使以其技鸣[⑦]。"于是谓之曰："说书虽小技，然必勾性情[⑧]，习方俗，如优孟摇头而歌[⑨]，而后可以

---

① 演史小说者：从事讲史、小说的艺人。宋代说话技艺十分流行，分为小说、讲史、说经、说参请四大类，其中小说、讲史两类最受欢迎。 ② 柳敬亭：本姓曹，名逢春（一作遇春），生于明神宗万历十五年（1587），卒年不可考。余怀《板桥杂记》述柳"年已八十余"还在说书，说明他至少活了八十多岁。 ③ 泰州：在江苏省，当时属扬州府管辖。 ④ 盱眙（xū yí 虚怡）：县名，今江苏盱眙。 ⑤ 江：长江。 ⑥ 莫后光：当是娴熟表演技艺的文人，生平事迹不详。 ⑦ 鸣：意谓著名、闻名。 ⑧ 勾：勾画、刻画。性情：本性。 ⑨ 优孟：春秋时楚国的倡优，孟是他的字。常以谈笑讽谏楚庄王。楚相孙叔敖去世后，他的儿子生活贫困，优孟便穿着孙叔敖的衣冠，模仿他的模样，摇头而歌，为楚庄王祝寿。庄王以为孙叔敖复生，想请他为相。优孟趁机讽谏，说楚相不足为，孙叔敖为相尽忠廉洁，使楚强大，但死后他的儿子却无立锥之地。于是楚王封给孙叔敖之子土地。句意为说书要练得像优孟那样形神逼肖。

得志。"敬亭退而凝神定气，简练揣摩[①]，期月而诣莫生[②]。生曰："子之说，能使人欢咍嗢噱矣[③]。"又期月，生曰："子之说，能使人慷慨涕泣矣。"又期月，生喟然曰[④]："子言未发而哀乐具乎其前，使人之性情不能自主，益进乎技矣[⑤]。"由是之扬、之杭、之金陵，名达于缙绅间[⑥]。华堂旅会，闲庭独坐，争延之使奏其技，无不当于心称善也。

宁南南下[⑦]，皖帅欲结欢宁南，致敬亭于幕府。宁南以为相见之晚，使参机密。军中亦不敢以说书目敬亭[⑧]。宁南不知书[⑨]，所有文檄，幕下儒生设意修词，援古证今，极力为之，宁南皆不悦。而敬亭耳剽口熟[⑩]，从委巷活套

① 简练：在学术技艺上下功夫磨练。揣摩：揣度。意为努力探求，以期合于事物本来面目。 ② 期（jī 基）月：一整月。诣（yì 意）：前往，去到。 ③ 欢咍（hāi 嗨）：快乐，欢笑。嗢噱（wà jué 袜决）：大笑不止。 ④ 喟（kuì 愧）然：叹息。⑤ 进：超过。乎：于。《庄子·养生主》说庖丁擅长解牛，他在回答文惠君的问题时说："臣之所好者道也，进乎技矣。"⑥ 缙绅：缙同"搢"，插。绅，束腰的大带子。古时官员垂绅插笏，因以缙绅指官绅阶层。 ⑦ 宁南：指左良玉，崇祯时封宁南伯，南明福王时进封宁南侯。初在辽东与清兵作战，后南下，占据长江中游的武汉地区，驻军武昌，拥兵八十万。⑧ 目：名词作动词用，意为看待。 ⑨ 不知书：不读书。⑩ 耳剽口熟：指耳中常听到的，嘴上常说的话。

中来者[1],无不与宁南意合。尝奉命至金陵[2],是时朝中皆畏宁南,闻其使人来,莫不倾动加礼,宰执以下俱使之南面上坐[3],称柳将军,敬亭亦无所不安也。其市井小人昔与敬亭尔汝者[4],从道旁私语:"此故吾侪同说书者也[5],今富贵若此!"

亡何国变[6],宁南死,敬亭丧失其资略尽,贫困如故时,始复上街头,理其故业。敬亭既在军中久,其豪猾大侠、杀人亡命、流离遇合、破家失国之事,无不身亲见之,且五方土音[7],乡俗好尚,习见习闻。每发一声,使人闻之,或如刀剑铁骑,飒然浮空[8],或如风号雨泣,鸟悲兽骇,亡国之恨顿生,檀板之声无色[9],有非莫生之言可尽者矣。

---

① 委巷:陋巷。活套:俗话。 ② 奉命至金陵:当时镇守武汉的左良玉想与南明政权合作抗清,故派柳敬亭到南京去商议,后因马士英等阉党余孽的阻挠而未成功。 ③ 宰执:宰相执一国之政柄,因称宰执。南面:面向南坐,是古时的尊位。 ④ 尔汝:形容关系亲密到可以互称你我。 ⑤ 侪(chái 柴):辈、类。吾侪,即我们。 ⑥ 亡:通"无"。亡何,即不久。国变:指南明福王的弘光政权覆灭。 ⑦ 五方:东、南、西、北、中五方,犹言各地方。 ⑧ 飒(sà 萨)然:原形容风声,文中形容刀剑铁骑发出的音响刚劲有力。 ⑨ 檀板:檀木作的绰板,俗称拍板,说书时伴奏用。

马帅镇松时①，敬亭亦出入其门下，然不过以倡优遇之②。钱牧斋谓人曰："柳敬亭何所优长？"人曰："说书。"牧斋曰："非也，其长在尺牍耳③。"盖敬亭极喜写书调文，别字满纸，故牧斋以此谐之④。嗟乎！宁南身为大将而以倡优为腹心，其所授摄官皆市井若己者⑤，不亡何待乎？

【翻译】

我曾读《东京梦华录》、《武林旧事》，其中记载当时讲史、小说的有几十人。自此以后，说书艺人的姓名就无从知道，直到近年来人们才都称道柳敬亭的说书。

柳敬亭是扬州府泰州人，原来姓曹。十五岁时，犷悍无赖，犯法当死，改姓柳，到盱眙市上为人们说书，当时已经能使人们倾倒。过了一段时候，过了长江，松江有个儒生叫莫后光见到他，说："这个人机智多变，可以使他以说书的技艺扬名。"因而对柳敬亭说："说书虽是小技，然而也必须刻画人物性格，熟悉地方风俗，像优孟

---

① 马帅：即原名马进宝的投清汉奸马逢知，当时任清政权的松江提督，最后又因里通抗清力量，被清政权逮捕进京杀死。 ② 倡优：古时称艺人为倡优，亦称俳优。 ③ 尺牍：书信。 ④ 谐：诙谐。文中有开玩笑、讥笑的意思。 ⑤ 授：实授，正式任命。摄：代理，实授前往往先代理。

那样摇头而歌，然后才能得志。”敬亭回去集中精神，安定气息，简练揣摩，一个月后去见莫生。莫生说：“你所说的，能够使人欢笑了。”又一个月后，莫生说：“你所说的，能够使人慷慨涕泣了。”又一个月后，莫生赞叹说：“你的话还没有出口而哀乐之情已具于其前，使人的性情不能自主，你越加进乎技了。”从此柳敬亭到扬州、到杭州、到南京，名声传播在官绅之间，不论在豪华的厅堂上众人聚会，或者在幽闲的庭院中一人独坐，都争着邀请敬亭献技，没有不称心满意而说他好的。

宁南南下，安徽驻军长官想讨好结交宁南，送敬亭到宁南的幕府。宁南恨相识之晚，让他参与机密。军中也不敢以说书的来看待敬亭。宁南不读书，所有文件告示，由幕府儒生精心构思修词，援古证今，竭力撰写，宁南都不满意。而敬亭耳中常听到的、嘴上常说的，从里巷活套中弄来的，却没有不与宁南之意相合的。敬亭曾经奉命到南京，当时朝廷里都畏惧宁南，听到他派使者来，没有不倾动而特加礼貌的。宰相以下的官员都请他朝南上坐，称他为柳将军，敬亭也不感到有什么不安。那些市井小人中当初与敬亭你我相称的，在路旁私语说：“这本是与我们一同说书的，如今富贵到这个地步！”

不久弘光朝覆灭，宁南亡故，敬亭几乎丧失了全部资财，贫困得像从前一样，才重新走上街头，操其旧业。

敬亭久在军中生活，对于豪猾大侠、杀人亡命、流离遇合、破家亡国的事情，没有不曾亲自见过的，加以五方土音，风俗好尚，都习见习闻。因此说书时每发一声，使人听上去，有的如同刀剑铁骑，飒然飘空。有的如风雨号泣，鸟兽悲惊，亡国之恨顿然而生，檀板之声已无颜色，有莫生的话所不能概括的了。

当马帅镇守松江时，敬亭也常出入他的门下，然而马帅不过以优伶看待他。钱牧斋曾对人家说："柳敬亭有什么特长？"人家回答说："说书。"牧斋说："不是的，他的特长在尺牍。"这是因为敬亭很喜欢写书调文，别字满篇，所以牧斋用这话来讥笑他。唉！宁南身为大将而把倡优视做心腹，他的授摄官员都是与自己出身差不多的市井之流，还会不失败吗？

丰南禺别传

这是记叙怪人丰坊的一篇传记。选用了丰坊的许多趣事，十分生动地刻画了丰坊玩世不恭而又迂腐的性格。

余读《嘉靖实录》①，十七年六月②，致仕扬州府通州

①《嘉靖实录》:《明实录》中嘉靖朝部分。嘉靖，明世宗朱厚熜年号。《明实录》，明代官修的编年体史料长编。下言丰坊之事，载《明实录》第213卷。 ② 十七年：指嘉庆十七年(1538)。

同知丰坊①，奏请上兴献皇帝庙号，称宗以配上帝②，心鄙其为人。盖坊之父熙，尝以议大礼廷杖③，其忍于背父，他又何论。坊有书名，甬上故家多藏其底草相夸示，每黜而不视也。已见坊所著《五经世学》，其穷经诚有过人者。徐时进书其逸事，惜文不雅驯④，暇时另为一通，以发嗢噱。

坊更名道生，字人翁，别号南禺外史。五岁时，董侍

① 致仕：辞官归家。通州：今江苏南通。同知：知府、知州的副职。 ②“奏请”二句：明武宗无子，因此以朱厚熜继皇位，为明世宗。明世宗之父是兴献王朱祐杬，世宗即位后，下令礼官议崇祀其父兴献王的典礼。首辅杨廷和主张世宗以兴献王为皇叔父，以明孝宗为父。世宗不允。于是为此演出一系列事件。后来，杨廷和归家，嘉靖三年(1524)，世宗召百官下令，尊其生母为“圣母章圣皇太后”，许多官员跪伏于左顺门反对，翰林学士丰熙也在其内。结果世宗大怒，逮捕一百三十四人下狱，丰熙被杖。嘉靖十七年六月，丰坊上奏。九月，尊兴献王朱祐杬为睿宗，祔于太庙。支持明世宗封生父尊号的人，大多是借以投机的，丰坊便属于此类人物。 ③ 议大礼：即上面所指的议论明世宗生父的庙号和相应的祭礼。廷杖：明代皇帝在朝廷上叫人杖打大臣，这是明代弊政之一。 ④ 雅驯：文雅不俗。

御问以所读书①，曰："《大学序》②。"诵至"淳熙五年"③，故漏"熙"字，侍御问之，曰："此大人名也。"由是长老多奇之。当其读书，注目而视，瞳子尝度眶外半寸，人有出其左右，不知也。

自考功迁谪④，失职而归，书淫墨癖，无所不知，亦遂目空今古，滑稽玩世，淌洋自恣而已⑤。有方仕者，从坊游，学其书法，假坊名以行世。坊知之恨甚，曰："须抉其眼，始不能作伪耳。"以是语舍中儿。皆曰："诺。"久之，舍中儿捧一物至，曰："此方仕之眼睛也，吾等夜俟之荒郊，抉之以来耳。"坊大喜，厚劳之。再日向方仕至，舍中儿告之故，令勿入，入则吾等欺败矣。仕曰："无伤也。"坊见仕大骇，曰："闻君遇盗伤眼，今如故，何也？"仕曰："曩者夜行⑥，盗抉吾眼以去。方闷绝间，丛祠中有鬼哀吾⑦，取新死人眼纳吾眶中。今虽如故，犹痛楚耳。"坊亦信之，置酒贺其再生。坊欲下乡收责⑧，仆不利其往，农

---

① 侍御：明代指监察御史。 ②《大学序》：朱熹所作《大学章句序》。 ③ 淳熙五年：《大学序》文末的写作时间。淳熙，南宋孝宗年号，五年是 1178 年。 ④ 考功：指丰坊。他曾为南京吏部考功主事，故称。 ⑤ 淌（chàng 唱）洋自恣：放荡，不受束缚。 ⑥ 曩（nǎng 攮）者：从前。 ⑦ 丛祠：乡野的神祠。 ⑧ 责：通"债"。

家籁谷有大扇，仆执之以告曰："乡人闻主至，各家制此以待。使其男妇摇之，主必中寒而死。"坊曰："谲哉乡人！使吾死而验伤之无从也。需之以六月往，其奈我何？"每年必召黄冠①，设醮以驱蚤虱②。客至则问之："自吾醮后，觉蚤虱减于昔否？"客曰："尤甚。吾方怪之，岂知公家蚤虱驱而之吾舍乎！"坊乃大喜。当其醮时，黄冠赂侍者，阴捕蚤虱，不使近坊，坊确然以为醮之左验③。庞侍御求书，馈金三十。坊曰："吾正需此。"即设醮三坛：一灭倭寇，二灭伪禅伪学④，三灭蛇虎蚤虱。闻者无不大笑。而坊匍匐祈请，出于至诚。姜宗伯求墓志⑤，坊撰文并书，将授使者，食所馈粉羹而咽⑥，坊大呼："姜某毒我。"趣令毁文返币。其门僧德祜，潜易原文，而以别纸焚之，币亦未尝返也。坊以杜元凯故事⑦，楷书《法华》、《华严》两经，锢之铁函，沉于大海，同行者亦潜易

① 黄冠：道士的别称。 ② 设醮（jiào 叫）：道士设坛祈祷。 ③ 左验：证据。 ④ 伪禅伪学：佛教的假禅学，儒家的假道学。 ⑤ 宗伯：礼部尚书或侍郎的雅称。 ⑥ 咽（yè 夜）：阻塞。 ⑦ 杜元凯：杜预（222—284），字元凯，西晋大将。《晋书·杜预传》："预好为后世名，常言'高岸为谷，深谷为陵'，刻石为二碑，纪其勋绩，一沉万山之下，一立岘山之上，曰：'焉知此后不为陵谷乎！'"丰坊便学杜预的这桩旧事。

之，竟不知所沉者为何物也。尝于谭观察坐间征异事①，坊曰："弘治五年②，凤凰止正阳门楼上，移时而去，脱一羽，长二丈许。"观察不信，坊指童子曰："彼亦见之。"童子曰："然。"又尝纳凉僧舍，谓僧曰："我在通州，穴巨瓜，置小杌其下③，侧身入坐，仰面承浆饮之，肤生粟乃出。"僧不信，亦以征之童子。童子年十三四，坊之倅通④，相去且三十年矣。东门皮工王姓者，事坊甚谨，岁时馈遗不绝⑤。坊感其意，问其所欲于尝所往来者。或曰："似欲向公乞一号耳。"坊手书"阑坡"二字以号之，而"坡"字之"土"肥头⑥。皮工得此珍甚。有见之者曰："析之为'东门王皮'，公盖惎汝也⑦？"皮工闻之更喜，曰："吾与东门犹虮虱耳，公乃以东门畀我⑧。皮固吾业，道其实耳。"踵门以谢，言状。坊曰："此人安得有此言，可以师我

---

① 观察：道员。 ② 弘治：明朱祐樘（孝宗）年号。弘治五年：1492 年。 ③ 杌（wù 误）：小矮凳。 ④ 倅（cuì 翠）：副职。此处作动词用，指丰坊任通州同知。 ⑤ 岁时：一年四季。岁，年；时，四时（春夏秋冬）。 ⑥ "肥头"句：坡字的"土"偏旁，头写得很肥，近于"王"字了，所以下文把"坡"析为"王皮"两字。 ⑦ 惎（jì 忌）：憎恨，厌恶。 ⑧ 畀（bì 必）：给予。

矣。”延之上坐，皮工惶恐而出。闲过闻祠部①，天雨，止之宿。坊曰：“须吾榻乃可。”祠部即令人移榻，而榻制甚烦，用四小舟载之。安榻方竟，而忽称腹痛，必不可留，仍移榻而返，意怪祠部之求书也。性鄙人口道钱物，侍者故靳之②，谓梅雨须暴藏金③。坊曰：“诺。”毕暴而数之，亡一笏④，以责侍者。侍者再窃一笏，坊复数之曰：“是矣。”盖但论其奇偶也。时进之所传如此。

余则以坊之怪诞，此犹其小小者尔。其大者，在伪造六经⑤，或托之石经⑥，或托之别传，而訾毁先儒⑦，放言无忌。谓朱子食贫无计⑧，卖书糊口，掠取新说，其价

---

① 祠部：明制礼部下有祠部，掌祠祀、天文、卜筮、医药等事，此闻某当做过祠部的郎中、员外郎或主事之职，所以可称之为闻祠部。 ② 靳（jìn 进）：嘲弄。 ③ 暴：通“曝”，曝晒。 ④ 笏（hù 户）：铸金银为条板，形似笏，一般五十两为一笏。 ⑤ 六经：儒家的《诗》、《书》、《礼》、《乐》、《易》、《春秋》。⑥ 石经：本应是东汉末年的《熹平石经》、曹魏时的《正始石经》，此所谓“石经”实际是出于丰坊假托。 ⑦ 訾（zǐ 紫）：诽谤，非议。 ⑧ 朱子：朱熹（1130—1200），字元晦、仲晦，号晦庵，徽州婺源（今属江西）人，南宋哲学家、教育家。

易增。所言子见南子，为卫灵之继室，是挤于宋朝之伦①；猎较为夺禽兽，是拟于御门之盗②；其《卦变图》③，真牧童之陋戏。又曰：晦翁果生于混沌初辟之时，真为伏羲受业之师④，手授《卦变图》，亲见伏羲据之以画卦，而演为先天四图⑤，历寿数万余岁，至宋庆元庚申为始卒也⑥。杨荣纂修《大全》⑦，以其妻是朱氏，故尽用朱子之

① “所言”二句：见《论语·雍也》：“子见南子，子路不说。夫子矢之曰：予所否者，天厌之！天厌之！”朱熹注：“南子，卫灵公之夫人，有淫行。……”继室：续娶的夫人。宋朝：见《论语·雍也》，其说“宋朝之类”，朱注：“朝，宋公子，有美色。”丰坊的意思是说朱熹把南子说成是卫灵公的继室夫人，又有淫行，而孔子还要去见他，岂非把孔子等同于有美色的宋朝之流。 ② “猎较”二句：《孟子·万章下》：“孔子之仕于鲁也，鲁人猎较，孔子亦猎较。”朱熹注：“猎较，未详，赵氏（岐）以为田猎相较夺禽兽以祭。”又此章上文说“御人于国门之外”，朱注：“御，止也。止人而杀之。且夺其货也。国门之外，无人之处也。”朱注又说：“夫御人于国门之外，与非其所有而取之（指猎较），二者固皆不义之类。”所以丰坊这么说。 ③《卦变图》：附在朱熹所作《周易本义》书前的图。 ④ 伏羲：古代传说中画八卦的圣人。 ⑤ 先天四图：也是附在《周易本义》前的图。 ⑥ 宋庆元庚申：宋宁宗庆元六年（1200），朱熹卒于这一年。 ⑦ 杨荣（1321—1440）：明仁宗、宣宗和英宗初年的大学士。《大全》：《四书大全》，杨荣和胡广等人奉敕编纂。

说。其于《书经》①，则谓其祖庆正统六年官京师②，朝鲜使臣妫文卿、日本使臣徐睿入贡，以《尚书》质之，文卿曰："吾先王箕子所传③，起神农《政典》④，至《洪范》而止⑤。"睿曰："吾先王徐市所传⑥，起《虞书·帝典》⑦，至《秦誓》而止⑧。"笑中国官本错误甚多⑨，其中国所无者，令严不敢传，而正其错误者一二。故坊之《世学》⑩，一依外国本。文卿言其国《商书》有四十一篇，睿言其国《周书》有八十二篇，而《周书》第七十八篇为《孔子之命》，敬

---

①《书经》：本名《书》或《尚书》，五经或六经之一。《今文尚书》有《虞书》二篇、《夏书》二篇、《商书》五篇、《周书》十九篇共二十八篇。东晋时晚出的《伪古文尚书》，则分今文二十八篇为三十三篇。再加伪造的二十五篇共五十八篇，即今《十三经注疏》中的本子。 ② 正统六年：正统是明英宗年号，六年是1441年。 ③ 箕子：商贵族，传说商亡后他立国朝鲜。 ④ 神农《政典》：神农是我国传说中的古帝王，说有神农时的《政典》，以及下面这些话，显然都是丰坊在胡编，朝鲜、日本流传的《尚书》和中国的本子完全相同，毫无奇异。 ⑤《洪范》：《今文尚书》中《周书》的一篇，讲箕子告诉周武王洪范九畴的事情。 ⑥ 徐市(fú拂)：一作徐福，奉秦始皇命入海求仙，传说到了日本，定居不回。 ⑦《虞书·帝典》：这也是丰坊在编造，并无其书。 ⑧《秦誓》：这是《今文尚书》中《周书》的最后一篇，为春秋时秦穆公战胜晋国后的誓辞。 ⑨ 官本：政府审定的本子。 ⑩《世学》：即丰坊的《五经世学》。

王命仲尼为大司寇相鲁而作，其八十二方为《秦誓》。《书》依年而次，《秦誓》之作在鲁僖公三十三年①，孔子生于襄公二十二年②，相去七十六年，焉得以《孔子之命》先之乎？其伪不待辨。庆果信之，亦取笑于外国矣。

坊一官不得志，无所不寄其牢骚。人绐己③，还以绐人。至于经传④，亦复为拊掌之资⑤，其罪大矣。

【翻译】

我读《嘉靖实录》，载嘉靖十七年六月，已致仕的前扬州府通州同知丰坊，上奏请求给兴献皇帝上庙号，称为宗以配上帝。我就从心里看不起他的为人。因为丰坊的父亲丰熙，曾因议论大礼被廷杖，他忍心背叛父亲，其他还有什么可说。丰坊的书法颇有名，宁波的旧家多藏有他的草稿向人夸耀，我都鄙视而不瞧一眼。我见过丰坊著的《五经世学》，探研经学确实有过人之处。徐时进记述过他的轶事，可惜文字不雅驯。我趁有空时另写

---

① 鲁僖公三十三年：即公元前627年。② 襄公二十二年：鲁襄公二十二年，即公元前551年。③ 绐（dài 怠）：欺骗。④ 经传：《诗》、《书》、《仪礼》、《易》、《春秋》都是经，《礼记》、《左传》、《公羊传》、《穀梁传》、《论语》、《孝经》都是传，传一般是阐发经义的，不一定都是注解性的。⑤ 拊（fǔ 府）掌：鼓掌以表示笑乐。

这一篇,以发一笑。

丰坊更名道生,字人翁,号南禺外史。五岁时,侍御董某问他读的书,他回答说:“《大学序》。”读到“淳熙五年”,故意漏掉“熙”字不读。侍御问他,说“这是大人的名字。”因此年长者都觉得他不平常。当他读书时,注目阅读,眼瞳曾突出眼眶外半寸,有人从身旁走过,他也不知道。

丰坊自考功主事迁谪,失职归家,沉溺于读书作字,无所不晓,因此也目空今古,玩世不恭,放荡不羁。有个名叫方仕的,跟丰坊交往,学丰坊的书法,假冒丰坊的名字而流行于当时。丰坊知道恨极了,说:“应该挖掉他的眼睛,他才不会作假。”并把这话跟家里的年轻人说了。他们都说:“是。”过了些时候,他们捧来一件东西,说:“这便是方仕的眼睛。我们晚上在荒郊等着,把它挖来的。”丰坊大喜,好好地犒劳他们。过两天方仕来了,他们告诉他其中缘故,叫他不要进去,否则他们的骗局就败露了。方仕说:“没关系。”丰坊见到方仕大吃一惊,说:“听说你遇盗伤了眼睛,今天却又好好的,是什么缘故?”方仕说:“前些日子走夜路,盗挖了我的眼睛跑了。正痛极昏倒的时候,从祠中有鬼可怜我,取新死人的眼睛放在我的眼眶里。今天虽然已和原来一样,可还很痛。”丰坊也相信他,摆酒祝贺他再生。丰坊要下乡收债，仆人不愿他去，农家簸谷去糠用大扇子，仆人就拿着对丰坊说："乡下人听说主人去，每家都做了这种扇子等着。让男妇都摇动，主人必定会中寒而死。"丰坊说："乡下人真狡猾呀！使我死了也无从验伤。等到六月再去，还能把我怎样？"丰坊每年一定要召来道士，设醮驱赶蚤虱。有客人来他便问："自从我设醮后，你觉得蚤虱是不是比以前少了？"客人说："更多了。我正纳闷，哪知道是把你家的蚤虱都赶到我家去了呢！"丰坊于是大喜。在他设醮时，道士们买通侍者，暗中捕捉蚤虱，不让它们接近丰坊，丰坊真以为是设醮灵验。侍御庞某求他写字，送了三十两银子。丰坊说："我刚好需要。"马上设醮三坛：一灭倭寇，二灭假禅学、假道学，三灭蛇虎蚤虱。听说的人无不大笑，而丰坊跪拜祈祷，确出于至诚。宗伯姜某要他写墓志，丰坊撰文并书，正要交给来人，吃姜某送的粉羹一时在喉咙阻塞，便大叫："姜某要毒死我。"急忙叫烧掉文稿归还润笔。丰坊门下的和尚德祐，暗中换下文稿，拿另外的纸烧了，润笔也没还。丰坊学杜元凯旧事，楷书《法华》、《华严》两部经，封在铁匣中，沉于大海，跟他同行的也偷换下来，不知道沉到海底去的到底是什么了。曾在观察谭某座上谈异事，丰坊说："弘治五年，凤凰停在正阳门楼上，过一会后飞走，掉下一根羽毛，有两丈左右长。"观察不相信，丰坊指随从的童子说：

"他也看见了。"童子说:"对。"又曾在僧舍乘凉,跟僧人说:"我在通州,把大瓜挖了个洞,在下面放张小矮凳,侧身进去坐下,仰面接饮瓜汁,凉得身上长鸡皮疙瘩时才出来。"僧人不信,丰坊也叫他问那个童子。那童子才十三四岁,而丰坊在通州做同知,距今已近三十年了。城东门有一姓王的皮工,对丰坊极为恭敬,逢年过节馈赠东西不断。丰坊被他的情意感动,便问平常往来的人王某想要什么。有人说:"似乎是想向你求一个号。"丰坊便写了"阑坡"二字给他做号,"坡"字的"土"旁头写得很肥。皮工得后极为珍爱。有人见了说:"分析起来是'东门王皮',丰公当是讨厌你吧?"皮工听了更高兴,说:"我与东门相比不过是虮虱而已,而公却把东门给我。皮本是我的职业,说的是实情。"于是登门道谢,说了上面这番话。丰坊说:"你这人怎么说得出这样的话,真可当我的老师了。"请他上坐,皮工恐惶地走了出去。丰坊闲时拜访祠部闻某,天下雨,留他住下。丰坊说:"只有我自己的床才能睡。"祠部马上派人去搬床,而这床做得很繁重,用了四只小船才装上。运来刚安置好,丰坊又忽然说腹痛,一定不肯留下,又把床搬了一起回去,心里是责怪闻某向他求字。丰坊生性鄙视人口说钱财,侍者故意嘲弄他,说梅雨天应该把藏着的金子拿出来晒晒。丰坊说:"好。"晒毕点数,少了一笏,追究侍者,侍者又偷了一笏，丰坊重数了一次说："这下对了。"这是因为丰坊点数时只记单双。徐时进记丰坊的事情如此。

我则以为丰坊的怪诞，上面说的不过是小而又小。大的方面，是他伪造六经，有的托之于石经经文，有的托之于别有传授，而毁骂先儒，放肆无顾忌。他说朱熹穷困无法，要卖书糊口，掠取新的说法，价钱就容易增高。所说孔子见的南子，是卫灵公的继室，这把孔子挤进宋朝一流人物；猎较是争夺禽兽，这是比拟在国门之外抢劫的盗贼；他的《卦变图》，则真是牧童的鄙陋游戏。又说：朱熹真生于混沌初分之时，是伏羲受业的老师，手授伏羲《卦变图》，亲见伏羲据之画八卦，而演为先天四图，活了几万岁，到宋庆元庚申年才死。杨荣编纂《大全》，因为他的妻姓朱，便全用朱熹的说法。丰坊对于《书经》，说他的祖父丰庆正统六年在北京做官，朝鲜使者妫文卿、日本使者徐睿前来朝贡，丰庆问他们《尚书》，妫文卿说："我们先王箕子所传，是始于神农《政典》，终于《洪范》。"徐睿说："我们先王徐市所传，是始于《虞书·帝典》，终于《秦誓》。"他们笑中国官本错误极多，中国官本所没有的篇章，因为他们本国严禁出口不敢传进来，只是纠正了官本的一二错误。所以丰坊的《世学》，就完全依照外国本子。妫文卿又说他国内的《商书》有四十一篇，徐睿说他国内的《周书》有八十二篇，而《周书》的第七十八篇是《孔子之命》，是周敬王任命孔子为大司寇相鲁而作，第八十二篇才是《秦誓》。按《尚书》是依年份先后编次的，《秦誓》作于鲁僖公三十三年，而孔子生于鲁襄公二十二年，比僖公三十三年已晚了七十六年，怎能把《孔子之命》放在《秦誓》前面呢？这假得太明显，已不用细辨了。丰庆真相信它，也要取笑于外国了。

丰坊做官不得志，无处不发他的牢骚。人家欺骗他，他又欺骗人家。至于圣经贤传，也被作为谈笑之用，这罪就大了。

海盐鹰窠顶观日月并升记

本文记叙去海盐鹰窠顶观看日月并升奇景，科学地解释日月并升的现象和所以要到鹰窠顶去观看的原因。作者精通天文历法，所以能讲清楚其中的道理。

鹰窠顶，滨海之山也，名云岫。每当十月之朔，五更候之，日与月同升，相传以为故事①。丙辰岁，余在海

① 故事：旧事，先例。

昌①，许使君约之往观②。九月晦日③，余与邵蓼三、仇沧柱、陈彝仲同舟至袁花④。时已薄暮，舆行二十里，斜阳红叶，装点村落如画。登山昏黑，使君迟之寺中。查二南、马次真、许稚圭、许欲尔、朱人远、祝雍来皆在。远近来观者，逾数百人。

主僧言："住此数十年，仅一逢之。其初，红者上升，已而白痕一抹出于红内，始分为二。"余曰："此山故事，原是日月并升，不是日月合璧也。不知土人何缘错误⑤？"盖合璧则日食矣。如僧所言，是日食也，当在庚戌岁⑥，此月合朔于卯末⑦，交周六宫一十度入食限。但谓白在内，红在外，则视之欠审，在外之红，乃是日光溢

---

① 海昌：故城在今浙江海宁南二十里。丙辰岁二月，黄宗羲到海昌讲学两月，九月又到海昌，与友人剪烛论文。② 许使君：指许三礼，字典三，号酉山。顺治进士，时为海宁知县，后官至兵部督捕右侍郎。使君，对地方官的尊称。③ 晦日：农历每月月终。 ④ 袁花：今为浙江海宁袁花镇。⑤"其初"九句：日月合璧的涵义，古有广义、狭义之分。广义的合璧泛指日月同升，也即"合朔"。狭义的合璧指日食。黄宗羲以日食为合璧，是取狭义。土人以并升为合璧，实沿古义，乃广义，不能认为是错误的。僧言为日蚀现象，与一般日月同升现象混为一谈。黄宗羲的分辨是正确的。 ⑥ 庚戌岁：康熙九年(1670)。 ⑦ 合朔：一般在农历每月初一日月相会，叫合朔。

出也。

五鼓，来观者皆起，云隙犹漏疏星，明烛出寺，履巉岩而候之①。未几，雨色空濛②，徘徊不能遽下，东方既白乃已。

或曰："数十年一见、再见，何天朗气清之难得也。"

余曰："云气所遮，不过一端。夫日月同行，由于合朔。合朔在寅以前③，同行在地下，而不可见；合朔在卯以后④，日光逼月，虽同行天上，亦不可见；唯寅卯之间⑤，则合朔之分秒，当日出之分秒，乃可见耳。"

或曰："滨海之山多矣，何以必鹰窠也？"

曰："是也。大洋之中，可以观同升者何限，非人所习见，渔工水师，虽知而不能言，世所以不传也。"

或曰："若此，则每月合朔，皆可以见，何必十月乎？"

曰："亦为鹰窠言之也。十月合朔，大略亢、氐之间⑥，东方之宿也。此山南面多有遮蔽，惟当亢、氐一隅，空旷值海。若是余月，则合朔于他宿，在遮蔽之处矣。海中大洋，每月皆可见之，固不必十月也。"

使君曰："始以不得见为欠事，闻先生之论，固胜于

---

① 巉(chán 蝉)岩：山岩高险。 ② 空濛：形容细雨迷茫。 ③ 寅：指十二时辰中的寅时，即凌晨三点至五点。 ④ 卯：指十二时辰中的卯时。约清晨五点至七点。 ⑤ 寅卯之间：即五点左右。 ⑥ 亢氐：星宿名，是二十八宿中的两个。

一见也。”

【翻译】

鹰窠顶，是靠海边的山，名曰云岫。每逢十月初一，在五更时等候，会看见太阳与月亮同时升起，相传成为故事。丙辰年，我在海昌，许使君约我去观看。九月三十日，我与邵蓼三、仇沧柱、陈彝仲同船到袁花。到时已傍晚，再坐轿走二十里，夕阳红叶，装点村落如画。登上山时天已昏黑，许使君在寺中等着。查二南、马次真、许稚圭、许欲尔、朱人远、祝雍来也都在。远近来观看的，超过几百人。

主持僧说：“住在这里几十年，仅遇上一次。起初，有红的上升，旋即有白痕一道出于红色之中，才分而为二。”我说：“此山故事，原是日月同升，不是日月合壁。不知土人为什么弄错了？”合璧就是日食了。如僧所说，是日食，应在庚戌年，十月初一日月相会于卯时之末，方位在周天六宫十度处进入日食范围。但说白的在里面，红的在外面，却是看得欠仔细，在外面的红色是溢出的太阳光。

五更时，来看的人都起身了，云的空隙处还露出稀疏的星光，点了蜡烛走出寺院，踏上高险的山岩等候着。没有多久，细雨迷茫，人们徘徊等候不肯立即下山，到东方已亮才作罢。

有人说："日月并升是几十年才一见、再见，晴朗天气怎么就难得呢！"

我说："云气遮盖的，不过是一端。日月同行，是由于日月相会。相会在寅时以前，由于同行在地下而不能看到；相会在卯时以后，日光逼射月亮，虽同行在天上，也不能看见；只有在寅时与卯时之间，相会的分秒，正好是日出的分秒，才可以看到。"

有人问："靠海边的山很多，为什么必定要在鹰窠呢？"

答道："是的。在海上可以观看日月同升的地方很多，但不是人们所常见，渔工水手，虽然知道却讲不出来，因而没有在世上传开。"

有人说："如此说来，每月日月相会，都可以观看，何必要在十月呢？"

答道："也是就鹰窠而说的。十月时日月相会，大概在天上亢宿、氐宿之间，这是东方的星宿。这山南面多有遮蔽，只有在亢宿、氐宿所在的一角，空旷朝海。若是其余月份，日月相会在别的星宿的位置，是在被遮蔽的地方了。海中大洋，每月都可观看，本不必一定在十月份。"

许使君说："刚才把看不见日月并升引为憾事，听到先生的议论，真是胜过看见日月并升了。"

海 市 赋

本文为康熙八年(1669)冬作者六十岁时到绍兴登达蓬山观海后所作,用唯物的观点解释海市这一自然现象,纠正了关于海市的种种传闻与前人的不确切的论断。

余登达蓬山望海,山僧四五人,皆言春夏之交,此地特多海市①。各举所见,与图画传闻者绝异。盖传闻者

① 海市:即海市蜃楼,参下“蜃气”注。

多言蜃气烛天①,影像见于空中,岂知附丽水面②,以呈谲诡③。言者不出云气仿佛,岂知五彩历落④,刻露秋毫。东坡在登州,以岁晚得见为奇⑤。然霜晓雾后往往遇之,亦不必拘拘于春夏也。信耳信目,自有差等。山僧约明年三四月来宿其舍,海神当不余弃。先次第其言而赋之。

己酉之冬⑥,观海达蓬。山僧四五,指点空濛⑦。曰滨海之地不一,兹独当夫神宫也。光怪发作⑧,亦何人而不逢。但称登州之海市者,盖不免于瞽聋⑨。

余曰:各言其状。

本源曰:其为城也,雉堞崔嵬⑩,丽谯韡晔⑪。三里

① 蜃(shèn 甚)气:海面风平浪静时,远处出现的由折光形成的城郭楼宇等幻象,也可见于沙漠中。古人常误以为是大蜃吞吐的云气而成。蜃:即大蛤蜊。烛:照,作动词用。 ② 附丽:也作"附离",附着。 ③ 谲(jué 决)诡:怪诞,变幻。 ④ 历落:参差、疏落。 ⑤"东坡"句:指苏轼于公元1085年秋至登州,当地人说季节已晚,不能见到海市,苏轼到海神庙祈祷,次日就见到海市。事见《苏轼诗集》卷二十六《登州海市并叙》。登州:地名,治所在今山东蓬莱。 ⑥ 己酉:清康熙八年(1669)。 ⑦ 空濛:混濛迷茫的样子。 ⑧ 光怪:光象怪异。 ⑨ 瞽(gǔ 鼓):目盲。 ⑩ 雉堞(zhì dié 置蝶):城墙宽三丈高一丈为雉,城墙上的矮墙为堞,雉堞连用,泛指城墙。崔嵬:高耸貌。 ⑪ 丽谯(qiáo 桥):壮美的高楼。韡晔(wěi yè 伟叶):光盛貌。

七里①，勾股可摄②。于焉戎马③，乘城蹀躞④。照白窃骊⑤，雨鬃风鬣⑥。俨烽火之告严⑦，危黑云之将压⑧。其为楼也，蹇产百尺⑨，成以鬼巧。绮窗朱琐⑩，明星萦绕。神妃杂遝⑪，凭栏渺渺⑫。其语可闻，若在妆晓。有时而现为黄幄⑬，深檐婀娜，绣带悠扬。何采旄桂旗之尽屏⑭，兹特叠出以为章⑮。

汪道者曰：亦有单门聚落，忽然而来。屋瓦参差，门户洞开。嗟朝烟之不起，岂井臼之生埃？固职方所不纪⑯，亦战争所不灾。

---

① 三里七里：《孟子·公孙丑下》有“三里之城，七里之郭”的说法。 ② 勾股：古代数学名词，直角三角形的横边为勾，竖边为股。摄：拉着绳尺丈量。 ③ 于焉：语助词。 ④ 蹀躞（dié xiè 蝶械）：小步走。 ⑤ 照白窃骊（lí 离）：照白，指照夜白，骏马名。窃，浅也。窃骊，浅青色马。亦骏马名。 ⑥ 鬃鬣（zōng liè 宗列）：马颈上的长毛。 ⑦ 俨：俨然，好像真的。严：紧急。 ⑧ 危黑云之将压：变化李贺《雁门太守行》的“黑云压城城欲摧”句，原意为敌军攻城的声势，像黑云高压城垣，城要被摧毁一样。 ⑨ 蹇（jiǎn 简）产：屈曲貌。 ⑩ 绮窗：雕刻华丽的窗子。琐：原为宫门上镂刻的连琐图案。文中朱琐即指刻有连琐图案的红门。 ⑪ 杂遝（tā 踏）：众多纷杂貌。 ⑫ 渺渺：远貌。 ⑬ 幄（wò 卧）：篷帐。 ⑭ 旄（máo 毛）：竿顶用旄牛尾作装饰的旗。屏：摒弃。 ⑮ 叠出：重出，累出。章：同“彰”，显明。 ⑯ 职方：官名，掌管地图、军制等事。

续宗曰：当旭日之初高，有霜钟之寓质①。制宏万石②，音谐七律③。藏寂寞之元声④，虽满盈而不出。少焉变为城郭，中引长桥。值刺史之行部⑤，或中丞之入朝⑥。鸣笳列驺⑦，夹毂喧嚣⑧。何珠宫贝阙，而以卤簿宣骄⑨？其后幻为染肆⑩，绿沈红浅，罗绮缤纷。借霞天以为色，蒸香草而成文⑪。彼蜀江之濯锦⑫，信天人之攸分⑬。

补陀僧曰：橘柚初黄，飒然风叶，览观大洋，涌起宝塔。四面勾栏，七重鞺鞳⑭。华瞩风涛⑮，光交目睫。遇

① 霜钟：冬天早晨的钟声。 ② 石（dàn 旦）：重量单位，一百二十斤为一石。 ③ 七律：古乐中的七种基本音律，即宫、商、角、徵、羽、变宫、变徵。 ④ 元声：古代律制，以黄钟管发出的音为十二律所依据的基准音，称元声。 ⑤ 刺史：官名，秦汉时设置，用来督察本州的郡守县令。行部：汉制，刺史在八月间巡视考察部属政绩，叫行部。 ⑥ 中丞：官名，明、清时指各省巡抚。 ⑦ 笳（jiā 家）：乐器名。驺（zōu 邹）：骑士，侍从。 ⑧ 毂（gǔ 谷）：指车。 ⑨ 卤簿：帝王驾出时扈从的仪仗队，此处泛指仪仗队。 ⑩ 染肆：染织作坊。 ⑪ 文：彩纹。 ⑫“彼蜀”句：在蜀江中洗濯的锦缎，指蜀锦。四川产的织锦很有名，人称“越罗蜀锦，天下之奇纹”。 ⑬ 天人：神仙。攸：所。分：职分。 ⑭ 鞺鞳（táng tà 堂踏）：本是钟声，这里指塔上的塔铃声。 ⑮ 华：光彩、光辉。瞩（zhǔ 主）：注视。

其变现，状如鹦螺①。琐碎末品，大越丘坡。闪尸之下②，湛然水波。若夫海路壮阔，一山千里。虽人迹所不交，亦针经之能指。尔乃帆席未挂，僧窗宴启。忽焉丛岛逼塞，孤峰魁峙。疑异国之飞来，岂灵居之迁徙③？当其电绝，不烦蝣晷④。名曰浮山，海人习此。

或曰：此何理也？

余曰：夫积块之间⑤，红尘机巧，菁华销铄。犹且群羊飞鸟、野马磅礴⑥。彼大海空灵，神明郛廓⑦。百色妖露⑧，岂能牢落⑨？故其轩豁呈露者，穷奇极变而无有龈腭⑩。此固蛟龙之所不得专，天吴蝄像之所不能作⑪。况蜃之为物甚微，吐气更薄乎！南海谓之浮山，东海谓之海市，是乃方言之托也⑫。

---

① 鹦螺：鹦鹉螺，壳大，内面具有珍珠光泽。 ② 闪尸：暂时显现貌。 ③ 灵居：众仙的居处。 ④ 蝣晷（yóu guǐ 游鬼）：蝣是蜉蝣，一种生命短促的小虫，短者几小时，长者也只有六、七天。晷本是日影，引申为时光。蝣晷，就是像蜉蝣般短促的时光。 ⑤ 积块：积聚的土地，指大地。 ⑥ 群羊、飞鸟、野马：都指地上幻化为诸般形状的气。 ⑦ 郛（fú 浮）廓：屏障。 ⑧ 妖露：怪异的气露。 ⑨ 牢落：寥落貌。 ⑩ 龈腭（yín è 银饿）：牙床，比喻事物之根柢。 ⑪ 天吴：水神。蝄（wǎng 网）像：山精。 ⑫ 托：假借，寄托。句意为这是方言的不同说法。

【翻译】

我登上达蓬山眺望大海，山僧四五人，都说当春夏之交，这里出现海市特多。各人讲述所见到的，和图画上的、传说中的截然不同。大凡传说的人多说这是蜃气照天，景象呈现于空中，哪里知道景象是附着水面，呈现变幻。传说的人描绘起来不外乎云气仿佛，哪里知道五彩缤纷，秋毫毕露。苏东坡在登州时，把岁晚得见海市称奇，但有霜的清晨和雾散之后往往可见到，也不一定是在春夏。相信传闻还是相信目睹，自有区别。山僧约我明年三四月来他们的僧舍住下，海神应该不会把我抛弃。这里让我先把他们的话排比作赋。

己酉年之冬，我观海于达蓬。有山僧四、五人，指点着空濛，说滨海的地方各不相同，独独这里正对着神宫。当光怪出现，也何人而不相逢。只称赞登州海市的人，不免是目盲耳聋。

我说：请各自描述它的形状！

本源说：当它成为城的时候，城墙巍峨高大，壮美的高楼真韡晔。三里七里，用勾股都可摄。战马兵将，在城上蹀躞。白马和浅黑马，风雨打着鬃鬣。俨然是烽火告急，危急如黑云将压。当它成为楼的时候，屈曲百尺，成之以神工鬼巧。绮窗朱琐，明星将它环绕。神妃众多纷杂，都在凭栏远眺。连她们的话语都可以听到，像是梳妆在清晓。有时候呈现为黄色的帷幄，高檐婀娜，绣带悠扬。为什么彩旗都没有，就这样层出迭现灿烂辉煌？

汪道者说：也有呈现为独家村落，忽然而来。屋瓦参差，而门户洞开。可是清晨为什么不升起炊烟，难道是井灶已经积满尘埃？这本是职方之所不纪，也不会有战争的祸灾。

续宗说：当旭日之初升，冬日晨雾中有质地纯正的大钟在响鸣。它大至万石，音谐七律。蕴藏着清晰的元音，虽满盈而又不泄出。不多时变化成为城郭，中间引出一道长桥。好像是刺史在行部，又像是中丞在入朝。鸣着笳排着驺，夹着车辆一片喧闹。为什么在珠宫贝阙，却任凭卤簿在逞骄？后来又幻化成染织的作坊，深绿浅红，罗绮色彩缤纷。像是借天上云霞作颜色，蒸了香草以成文。那蜀江上濯锦，实在是只有仙人才能把它织成。

补陀僧说：正当桔柚初黄，秋风萧萧吹落树叶，观看大洋，洋上涌起宝塔。四周是勾栏，七层铃鞺鞳。光彩照耀着波涛，交错于目睫。当它变幻之时，样子就像鹦鹉螺。小的琐细碎末，大的赛过丘坡。暂时显现一下，又成为澄清的水波。立于那海路壮阔，一山千里。虽然人迹无法到达，指南针经也能指及。又有帆席未挂，僧窗晚启。忽然从岛逼近，孤峰巍峙。疑是异国飞来，岂是灵居迁徙？当它像电光般绝灭，还比不上蜉蝣的时光。这景象的名叫浮山，海上的人都很熟悉。

有人问：这是什么道理啊？

我说：大地之上，红尘里玩尽了机巧，使精华都已销铄。尚且有游气幻化的群羊、飞鸟、野马磅礴。何况大海本来空灵，为神明之所郛廓。各种怪异之气，怎能甘于牢落？所以其中明显呈露的，能穷极变化而不用有龈腭。这本是蛟龙之所不能专，水神山精之所不能作。何况蜃之为物很微小，吐气更稀薄。在南海称做浮山，在东海称做海市，都是方言之所托。

祭万悔庵文

本文为祭故友万泰而作。万泰，字履安，晚年自号悔庵，宁波人，崇祯间举人，博识多才，胸怀坦荡，不慕功名，不应征召。他在去粤返回时，有同年毛浙染疫将死，同船的人想抛弃他，万泰留下他并亲自看护，毛浙病愈而他却传上疫病，以致亡故。这篇祭文抒发患难知交的深情，堪称名作。

嗟乎！十年以来，余之风波祸患苦无已时。然一岁之间，非先生过我，则我过先生，必且再三，一雪其心之所甚痛，竹灯木榻，即啖野葛之味[1]，亦足乐也。自先生出门，余死一儿一孙两媳，刊章名捕[2]，几陷穴胸焚巢之祸。我谓旦中[3]，悔庵粤中将至，必有名香佳砚出而相玩[4]。吾二三年间所历之苦，缕覼于前[5]，泫然累欷相对[6]，庶几可以忘矣。岂知风波之民，即此一日之累欷相对者，天亦不欲以假之乎！

余之交先生与文虎[7]，盖在壬申之岁也[8]。当是时，东林、复社争相依附，予所居僻远城市，亦不乏四方之客。丧乱之后[9]，其迹如扫。瑞当尝曰[10]："文虎云亡，百里之内，自履安而外，谁复窥黄氏之藩篱者[11]？"晚潮落

① 野葛：即冶葛，是有毒植物。 ② 刊章：《后汉书·党锢传》有"刊章讨捕"等说法，刊章当是政府通缉人的办法，为何叫"刊章"已不清楚。名捕：指名通缉。 ③ 旦中：高斗魁，字旦中，是万泰与作者的弟子与朋友。在刘应期、万泰相继亡故后，作者与高斗魁交往甚密。 ④ 黄宗羲《万悔庵先生墓志铭》载，万悔庵病危临终前对侍童叹息道："此行得水坑石数片，娘子香数瓣，未及把玩，遽尔缘绝，此为恨事。" ⑤ 缕覼（luó 罗）：详细而有条理的陈述。 ⑥ 泫然：伤心流泪貌。累欷（xī 希）：累，重。欷，抽咽声。累欷，一再叹息。 ⑦ 文虎：陆符，字文虎，浙江宁波人，复社名士。 ⑧ 壬申：崇祯五年（1632），时作者二十三岁。 ⑨ 丧乱：指明亡清兵南下。 ⑩ 瑞当：刘应期，字瑞当，浙江慈溪人，复社名士。 ⑪ 藩篱：原为用竹木编成的篱笆，文中比喻门户。

日，孤蓬入港，虽里媪荛儿①，亦知其为先生访余兄弟之舟也。吾老母癸酉四旬②，癸未五旬③，先生与文虎皆如期而至。癸巳六旬④，先生揭揭度阡陌间⑤，坐定，出所作《正气堂寿燕序》读之，伤文虎之不偕，不觉失声而哭。先生又去，三十年登堂拜母之客，一朝尽矣！先生以乙未十一月二十日别我⑥，闻讣亦在是日；余之别文虎也，乙酉十月十日⑦，其闻讣也丙戌十月十日⑧：岂数之偶合与？抑吾二三兄弟至情之所感召乎？去年四月，梦先生与文虎、跻仲过我⑨，因作诗纪之，遂为悬谶⑩，则不可不谓感召之所至也。

嗟乎！先生名思陵孝廉⑪，二十又二年饥寒流落，关系晦明⑫，夫复何憾？而先生曾谓人曰："吾一入长安⑬，

---

① 媪（ǎo 袄）：老妇人。荛（ráo 饶）儿：砍柴的孩子。 ② 癸酉：崇祯六年（1633）。 ③ 癸未：崇祯十六年（1643）。 ④ 癸巳：顺治十年（1653）。 ⑤ 揭揭：行走匆忙。阡陌：田间的小路。 ⑥ 乙未：顺治十二年（1655）。 ⑦ 乙酉：顺治二年（1645）。 ⑧ 丙戌：顺治三年（1646）。 ⑨ 跻仲：冯跻仲，慈溪人，有文名。 ⑩ 悬：悬记，佛教语，即预言。谶（chèn 衬）：预兆。 ⑪ 思陵：明思宗朱由检（即崇祯帝）的陵墓叫思陵，这里代指崇祯。孝廉：明清时对举人的雅称。 ⑫ 关系：关联。晦明：指局势的明暗好坏。全句意为万悔庵的饥寒流落遭遇是与时局的好坏有关的，不是个人原因，故下云"夫复何憾"。 ⑬ 长安：京城的代称，这里指北京。

则竹桥、剡中之路岂可复过[1]？"先生之不以竹桥、剡中易长安者，则欲与吾兄弟共此饥寒流落。斯言历然，宁可销磨？皇天后土[2]，既属无情，后死之痛，顾影弥深。先生其必悽怆于我词也夫[3]！

【翻译】

唉！十年以来，我的风波祸患苦于没有完结的时候。但是一年中，不是先生来探望我，就是我去探望先生，而且必定一而再，再而三，一雪心头之所甚痛，点上竹灯、睡上木榻，就是吃野葛，也足以欢乐了。自从先生出门以后，我死去了一个儿子、一个孙子、两个儿媳妇，被刊章指名逮捕，几乎落到胸穿家毁的地步。我对旦中说，悔庵将从粤中回来，必定有名香佳砚拿出来共同玩赏。我二三年中所经历的艰苦，可以在他面前委曲详尽地倾诉，相对流泪叹息，也差不多可以忘怀了。哪里想到经受风波的人，就连这一天的相对叹息，天也不愿给我啊！

我与先生和文虎相识，大概在壬申年。当时，东林、

---

① 竹桥：浙江临安西三里有竹林桥，南北诸山夹峙，九水合流于此。剡(shàn 善)中：浙江嵊(shèng 胜)县古名剡县，有剡溪，剡中即指这里，这和竹桥都是回宁波经过之地。
② 皇天后土：天地。 ③ 其：犹"当"、"尚"，祈使语气。

复社争相依附着，我住的地方虽然离城市很远而且偏僻，也有不少四方来客。到丧乱之后，门前的足迹便一扫而尽了。瑞当曾说："文虎亡后，百里之内，除履安外，谁再来看望黄氏的门户？"晚潮落日，有孤篷进港，即使是村里的老媪和砍柴的孩子，也知道是先生来探访我兄弟的船。我的老母亲癸酉年四十岁时、癸未年五十岁时，先生与文虎都如期而来。癸巳年六十岁时，先生匆忙地穿过田间小路，坐定，拿出所作的《正气堂寿燕序》朗读起来，感伤文虎已不能同来，禁不住失声痛哭。现在先生又离去了，三十年间到堂上向老母拜寿的客人，一朝都完了！先生在乙未年十一月二十日与我分别，我听到讣告这一天正好也是十一月二十；我与文虎分别在乙酉年十月十日，听到讣告又在丙戌年十月十日，难道是命运的偶然巧合吗？还是我们二三个兄弟间的至情之所感召呢？去年四月，梦见先生与文虎、跻仲来探望我，因而作诗纪之，从而成为了谶语，这就不能不认为是精神感召之所至了。

唉！先生名为崇祯时的孝廉，却二十二年饥寒流离，这是与时局的好坏有关的，又有什么可遗憾？先生曾对人说："我一进京城，那么竹桥、剡中的路岂能再经过？"先生之所以不愿意把竹桥、剡中去换京城，是想和我们兄弟共此饥寒流落。这话历然在耳，怎能销熔磨灭？皇天后土，已属无情，后死者的哀痛，顾影更深。先生如果听到我的言词也必定会伤感啊！

诗

村　　居

本诗为夏日村居抒情之作。先总说初夏景物佳胜，交待岁时季节。接着点出村居，紫藤开花缠绕着柴门。然后写到周围环境宜人，清丽如画：杜鹃鸟叫声响亮，是耳中所闻；捕蟹的火光点点，为目中所见。无论“雨后”、“雷前”，又总是初夏特点。品尝清茶，阅读杂书，自有悠闲乐趣，仍不离时令与村居生活。结尾转实为虚，作聊以自慰语，在旷怡达观的背后，有着忧愤与感慨。

好景惟初夏，藤花络荜门①。
雨后鹃声亮，雷前蟹火繁②。
新茶采谢岭③，小说较南村④。
世乱安泥水⑤，心期漫过论⑥。

【翻译】

美好的景色只有初夏，
藤花缠连着柴门。
雨过后杜鹃声多嘹亮，
雷响前捕蟹火似繁星。
新茶采自谢公岭，
小说比较陶南村。
世道纷乱我安于泥水，
心愿可不必多谈论。

---

① 络：缠绕。荜(bì 必)门：用荆竹树枝编成的门。 ② 蟹火：诱捕蟹的灯火。 ③ 谢岭：即谢公岭。作者自注：姚江茶产自谢公岭者第一。 ④ 小说：指杂记小说之类，与现今的小说概念不全相同。较：较量。南村：元明间陶宗仪字九成，号南村，浙江黄岩人，选辑汉魏至宋元杂记小说六百种为《说郛》，又自撰《南村辍耕录》。 ⑤ 安泥水：作者言自己如陷泥水，却仍自安。 ⑥ 心期：一生的心愿。

赠周二存先生

本诗为周二存先生而作。以“败壁”、“故帷”渲染他的贫困生活，又以各种细节表现他待客的真诚。最后四句，不仅反映诗人的感激心情，而且是对先生的由衷赞美。

我有老蒙师①，别去三十年。
避乱转山谷，邂逅睹苍颜②。

① 蒙师：我国封建时代对儿童进行启蒙教育的老师叫蒙师。 ② 邂逅（xiè hòu 械后）：意外相遇。苍颜：年老气衰的灰白色。

牵臂入茅屋，败壁无泥缠①。
故帷几甲子②，断缕蛛丝牵。
穷老底如此③，犹曰赖圣贤！
干土蔬猬毛④，酷日瓜儿拳⑤。
呼妇为炊黍，抱瓮绠寒泉⑥。
我携三子行，一一使安眠。
在难感真意，反用为凄然⑦。
论交满天下，徘徊此日间。

【翻译】

我有位年迈的启蒙师，
离别已有三十年。
避乱辗转到山谷，
意外见到他苍老的容颜。
他拉我的手臂邀进茅屋，
败壁上已掉光了泥缠。

---

① 泥缠：墙上抹的泥。 ② 故帷：旧的布帘。甲子：古人以十个天干、十二个地支依次相配以纪日或纪年，如甲子、乙丑、丙寅、丁卯之类，共得六十之数，统称六十甲子。诗中犹言岁月。 ③ 底：犹言何。 ④ 猬毛：刺猬之毛，比喻稀疏。 ⑤ 儿拳：小儿的拳头，比喻小。 ⑥ 绠（gěng 梗）：汲水用的绳索。诗中作动词用，即汲。 ⑦ 用：因。

旧帘子不知用了几甲子，
断裂处有线如蛛丝牵。
如何穷老到了如此的地步，
他还说全靠古圣贤？
干土上菜稀疏如刺猬毛，
酷日下瓜小如同孩儿拳。
招呼老伴为我淘米煮饭，
又抱罐瓮去汲回寒泉。
我携带着三个儿子同行，
他一一安排让他们安眠。
危难中感激他一片诚意，
反因此为之悽然。
我结交可说遍天下，
徘徊难舍却只有这一天。

辛卯中秋与晦木候渡百官江观潮

顺治八年(1651)中秋,作者与弟晦木在浙江曹娥江的百官渡口等候渡江,观潮后作此诗。诗先写观潮,包括等潮、听潮、观潮、惧潮,着重渲染江潮的气势,以及人们的心理反应。最后发点议论。

夜半津船不可呼①,朦胧月色立泥涂。
阗阗殷殷高以粗②,细听尚在百里迂。

① 津:渡口。 ② 阗阗(tián 田):大的声音。殷殷(yǐn 引):震动的声音。都是形容来潮时的波涛汹涌声。以:而。

倏忽浪花约束齐①，三山浮来海之隅②。
岸胁迫厄容区区③，鹭飞屋卷为前驱④。
地轴动摇观者瞿⑤，无风亦有飘堕虞⑥。
吾闻其神伍公魄⑦，国亡不救遑身惜⑧。
至今杳渺见灵旗，怒气千年留新迹。
古来冤愤岂一事，后之视今今视昔⑨。
直待万物得其平，朝不为潮夕不汐⑩。
人间尚有弄潮儿⑪，乐哀不知鬼神谪⑫。

---

① 倏(shū 舒)忽：转眼之间。 ② 三山：古代传说中东海的三座神山，即蓬莱、方丈、瀛洲。 ③ 岸胁：岸旁。 ④ 鹭飞：形容潮水初来时的景象，如千万只白鹭齐飞。 ⑤ 瞿：惊视的形状。 ⑥ 虞：忧虑。 ⑦ 伍公：指伍子胥。吴王夫差打败越国，越王勾践请和。伍子胥谏吴王勿许，吴王不听，太宰嚭进谗言，吴王派使者送剑给伍子胥赐死，伍子胥自刎前说："抉吾眼，悬吴东门之上，以观越寇之入灭吴也。"吴王大怒，命将皮囊盛伍尸，沉江中。在传说中伍子胥成为涛神，渡江海者皆敬祀其灵。 ⑧ 遑(huáng 皇)：暇。遑身惜，何暇惜身。
⑨"后之"句：语出晋王羲之《兰亭集序》："后之视今，亦犹今之视昔，悲乎！" ⑩ 潮汐：由于月球和太阳对地球各处的引力不同而引起的水位周期的涨落现象，昼涨称潮，晚潮称汐。
⑪ 弄潮儿：潮水来时在水面戏水之人。《梦粱录》载，南宋民间风俗，八月观潮时，一百多人执旗泅水上，作弄潮之戏。
⑫ 谪：谴责。

【翻译】

半夜里渡船无从招呼，
月色朦胧站立在泥涂。
阗阗殷殷的声音又高又粗，
细测还在百里远处。
转眼间浪花束成一道线，
像海中三山浮来海隅。
江岸狭窄要容纳区区，
江潮如同鹭飞屋卷充当前驱。
地轴在动摇观者惊瞿，
虽无大风也有飘落水中的忧虞。
我听说涛神是伍公的魂魄，
救不了国亡哪把自身惜。
如今杳渺之中好似见灵旗，
怒气经历千年还留下新痕迹。
自古以来冤愤岂止这一事，
后来看今天犹如今天看往昔。
直到世间万物真能得其平，
早上就不成潮到晚上也不为汐。
人间还有那弄潮儿，
哀乐不知那鬼神的谴责。

感　旧（十四首选第一、第七）

其一为怀友之作。作者说过："天下知予者二人：陆符文虎、刘应期瑞当，文虎死于荒山，瑞当死于非类之困折。"诗不谈个人友谊，而从大处落笔。

其二明斥阮大铖，暗责福王朱由崧，愤懑之情，溢于言表。

其　一

高谈不见陆文虎[①]，深识难忘刘瑞当[②]。岂料一时俱夺去，浙东清气遂销亡。

【翻译】

高谈阔论已不见陆文虎，
深识远虑总难忘刘瑞当。
岂料一时都被夺去，
浙东清气就此销亡。

① 陆文虎：名符，字文虎，宁波人，浙东名士。沉思宏辩，为人慷爽，音如洪钟。一时士大夫听其谈论，都以为是陈亮、辛弃疾再出。 ② 刘瑞当：名应期，字瑞当，亦字遂当，慈溪人，浙东名士。深沉有识、众望所归，一时有识者都引为畏友。

其　二

南都防乱急鸱枭①，余亦连章祸自邀②。
可怪江南营帝业③，只为阮氏杀周镳④。

【翻译】

南都防乱急坏了鸱枭，

---

① 南都：指南京。明成祖迁都北京顺天府后，将南京称为留都或南都。南都防乱：指明末复社文人在南都反对魏党余孽的一场斗争。崇祯十一年，朱由检复用宦官，阉党残余势力又起，阮大铖招摇南京，罗致天下文士，复社文人因此作《留都防乱揭》，揭露阮大铖罪恶。黄宗羲又与死于阉难者的家属在桃叶渡会聚，齐声詈骂阮大铖，使阮大铖惊恐万状，龟缩在家。鸱枭：枭通“鸮”。鸱鸮，像猫头鹰一类的鸟，在夜间或黄昏活动，喻指阮大铖。 ② 连章：指作者在《留都防乱揭》上签名。当时署名者共一百四十名，因此当马士英、阮大铖因拥立福王有功而专权时，欲将署名者全部杀害。黄宗羲被逮捕，后因弘光朝覆灭，才得免。 ③ 江南营帝业：江南一带有长江天险，物产丰富，故历史上有吴、东晋、宋、齐、梁、陈建都于今南京，是经营帝业之地。然而南明弘光小朝廷在此建都后却荒淫腐化，制造党祸。 ④ 周镳：字仲驭，为礼部郎中，草《留都防乱揭》与阮大铖结仇，福王时为阮大铖所诬，被赐死。参见第 72 页注⑪。

我也连章灾祸实为自招。

真可怪在江南经营帝王大业，

却只为那个姓阮的仇杀了周镳！

喜邹文江至得沈眉生消息二首①

这二首诗是寄赠友人沈眉生之作，作于顺治十五年(1658)，时黄宗羲到杭州，寄寓昭庆寺，吴门邹文江来访，得悉沈眉生已返故园的消息。

① 沈眉生：名寿民，字眉生，别号耕岩，安徽宣城人。文名甚高。他以诸生的身份首先弹劾朝廷辅臣杨嗣昌误国，震动朝野。因劾文中有阮大铖妄划条陈等语，得罪阮大铖。阮一旦得势，即事捕杀。于是沈眉生改姓换名，隐入浙江金华山中，粮绝继以野菜，谢绝馈饷，说："士不穷无以见义，不奇穷无以明操。"他避世愈深，名声愈著，当局一再荐举，他始终不仕。临终说："以此心还天地，以此身还父母，以此学还孔孟。"终年六十九岁。

其　一

二十四年相隔绝①，风霜吹老别时身。
君从樵猎埋名姓，吾夺头颅向剑唇②。
落月梦中曾痛哭③，山岚类处自逡巡④。
骤闻消息反垂泪，两地犹然未死人。

【翻译】

二十四年互相隔绝，
风霜吹老了别时之身。
您在樵夫猎户中埋名隐姓，
我夺回头颅从剑唇。
落月梦中曾经痛哭，

---

①“二十”句：崇祯癸酉年(1633)作者与沈眉生在杭州同寓孤山，诗酒流连月余，后未相遇，经阮大铖党祸，消息隔绝，到顺治戊戌年(1658)得悉消息，相隔二十四年。 ②剑唇：剑边。 ③“落月”句：黄宗羲《思旧录》中说：“阮大铖党祸起，眉生变姓名至金华，不相闻问。然余逢急难，必梦投眉生之家，痛哭而醒。”句意指此。并用杜甫《梦李白》的典故：“落月满屋梁，犹疑照颜色。”意为梦醒后见月儿西倾，月光下仿佛故人的容貌仍在眼前。 ④逡(qūn 群阳平)巡：欲进不进，迟疑徘徊的样子。

山岚类处犹自逡巡。

骤然间听到消息反而流下热泪，

两地仍都是未死之人。

其　二

君今已向家山住①，婚嫁俱完自在身。

书到老来方可著，交从乱后不多人。

红林曾记斜阳路②，秋水遥怜书屋贫。

珍重文江烦寄语③，明年可得话艰辛？

【翻译】

您如今已返回故乡居住，

子女都已婚嫁当是个自在之身。

书到了老年才可以撰著，

友经过大乱剩不了多人。

红林一抹曾记得道路夕照，

---

①“君今”句：沈眉生四十四岁避祸隐居山中，五十四岁始返故庐家居。 ② 红林：沈眉生的家所在地名。黄宗羲《思旧录》中说：“戊寅，余访眉生于宛陵，而眉生以保举入京，余信宿其家，地名红林，去城半舍。” ③ 文江：邹文江。

秋水一弯遥怜那书屋寒贫。
烦劳文江寄语劝您多珍重，
明年能否在一起共诉艰辛？

山居杂咏六首

《山居杂咏六首》作于清顺治十六年(1659),作者时年五十。这年六月,郑成功、张煌言北伐,先接连胜利,后全线溃退,作者看到明朝的恢复已不再有希望,就从黄竹浦故居移住余姚县南三十五里化安山黄氏坟庄,写了这六首《山居杂咏》。既回忆艰难的历程,抱有坚贞不屈的自豪;又有生活在热情的山农中间产生的感激与愧疚。

其 一

锋镝牢囚取次过①,依然不废我弦歌②。
死犹未肯输心去③,贫亦其能奈我何!
廿两棉花装破被,三根松木煮空锅④。
一冬也是堂堂地⑤,岂信人间胜着多⑥?

【翻译】

刀箭牢囚都挨次经过,
依然没有停止弦歌。
死亡不会使我甘心失败,
贫穷岂又能奈我何!

---

① 锋:刀刃。镝(dí 敌):箭簇。牢囚:坐监狱。锋镝牢囚,指清统治者对抗清志士的暴力手段。黄宗羲《怪说》一文中曾自述其抗清斗争的遭遇:"自北兵南下,悬书购余者二,名捕者一,守围城者一,以谋反告讦者二三,绝气沙墠者一昼夜,其他连染逻哨之所及,无岁无之,可谓濒于十死者矣。"取次:依次。 ② 弦歌:弹琴唱歌。"不废弦歌"表示对敌人的屠刀与迫害,毫不畏惧,决不改变生活态度。 ③ 输心:甘心失败。 ④"廿两"二句:形容诗人饥寒交迫的生活。寒冬,御寒的破棉花仅一斤多,锅里烧的只是白开水。 ⑤ 堂堂:形容一冬的生活过得堂堂正正。 ⑥ 胜着:高招。

廿两棉花装成一条破被，
三根松木煮着一只空锅。
一冬的生活过得堂堂正正，
难道人间的高招还会更多？

其二

谁说山中事事胜，山中静夜忒能憎①。
老人欬笑寻群麂②，寡妇呻吟吼虎鹰③。
斜月萧条千白发，乱坟围绕一青灯④。
不知身世今何夕，生死缘来无两层⑤！

【翻译】

谁说山中事事佳胜，
山中的静夜太使人憎。
好似老人在咳笑是寻群鹿，
好似寡妇在呻吟是吼虎鹰。
斜月映照千茎白发，

① 忒：太。憎：嫌恶。② 欬：同“咳”，咳嗽。麂（jǐ 己）：兽名，小型鹿类，其鸣声如老人欬笑。③ 虎鹰：猛禽，鸣声“唔唔”，如寡妇哭泣声。④ 青灯：古人点油灯照明，灯光青荧，故名青灯。⑤ 缘来：由来，从来。

乱坟围绕一盏青灯。

不知身世今夕是何夕，

生与死从来不隔两层。

其　三

五十年中逐覆车①，迩来渐喜似山家②。
风天去拾松柎火③，霜后来寻野菊茶④。
一两皮鞋穿石路⑤，三间矮屋盖芦花。
谁云勉强差排得⑥，随分风光吾欲夸⑦！

【翻译】

五十年中追逐覆车，

近来逐渐欢喜向山家。

刮风天去拾松柎生火；

---

① 覆车：谓车子翻倒，诗中比喻事业失败。 ② 迩来：近来。似：向、与，用于动词之后，指示动作影响所及。 ③ 柎（fū 夫，又读 fǔ 府）：花萼房，江南人称草木子房为柎。 ④ 野菊：野生菊科植物，可供药用，亦可泡茶。 ⑤ 一两：一双。皮鞋：用兽皮包的鞋子。 ⑥ 差：程度副词，仅、略。排得：安排。差排得，意为勉强的安排。 ⑦ 随分：随着本分，听其自然。风光：指诗中描写的山中生活。

降霜后来找野菊泡茶。
一双皮鞋已经在石路上磨穿，
三间矮屋盖的是芦花。
谁说这些是勉强的安排？
随分而安的风光我要夸。

其　四

残年留得事耕耘①，不遣风光使外闻②。
兴废化安唐代寺③，风流德应宋时坟④。

① 残年：残留之年，老年。 ② 遣：使，教。风光：声名。 ③ 化安：即化安寺。黄宗羲《化安寺缘起》中说："化安寺在余姚通德乡之刿湖……后唐清泰元年建，宋大中祥符元年改赐'普圆院'。"寺废于弘治正德间。又说："……其前其后，此寺必多名流胜士，不以负贩一拂子为重轻者，其姓名徒付之山高水清而已，可不惜哉！"故本诗有"兴废化安"之叹。 ④ 德应：宋朝代理刑部侍郎陈橐的字，余姚人，归隐刿中，侨寓化安寺，"日籴以食，处之泰然"（《宋史·陈橐传》）。死后坟墓建在寺旁。

青松数树曾甘露①,山鼠多年亦白纹②。

后日视今今视昔,读书台畔有碑文③。

【翻译】

留着残年默默地耕耘,
不使名声让外人知闻。
兴废化安原是唐代寺,
风流德应留下宋时坟。
青松几棵曾降甘露,
多年山鼠也生白纹。
后代看现在犹如现在看往昔,
读书台畔还立着碑文。

---

① 甘露:古人以为天降甘露,是一种吉祥的征兆。黄宗羲在此句下加一注:“丁亥予居此,甘露降。”按丁亥为顺治四年(1647),这一年诗人率五百义兵入山结寨,因此以“青松数树曾甘露”来比喻当时出现的大好抗清形势。 ②“山鼠”句:是说老山鼠毛色由灰黄转白。自丁亥到当年(己亥),已是十二年了,诗人睹物思情,抚今追昔,抒发感慨。 ③ 读书台:明贤相谢迁,字子乔,余姚人,曾在化安泉读书。王阳明也曾在此传道,故山上有“问道岩”。此处活用杜光庭诗“山中犹有读书台”句,表达仰慕前贤,读书著述,传之后人之意。碑文:即指《兰亭集序》中“后之视今,亦犹今之视昔”的碑文。七八两句应结合起来理解。

其　五

重来剡曲结茅茨①，去舍原无一顿时②。
两崦农人俱饷菜③，八旬老子亦投诗④。
始知天地骞崩甚，还仗山村朴鲁持⑤。
而我不容今世路⑥，此情惭愧又何辞？

【翻译】

我重来到剡湖僻处盖茅茨，
当年离开此地原仅短暂之时。
山谷两边的农夫都来送菜，
八十岁的老者也来赠诗。
才知道天地崩坏已甚，
还依仗山村朴鲁支撑。

---

① 剡曲：剡指化安山的剡湖，曲是曲折隐僻的地方。茅茨：用茅草修盖的小屋。顺治四年，诗人率义兵到此扎营，十二年后，再来此处结庐居住。② 去舍：离开。一顿时：形容时间很短。③ 崦（yān 烟）：山谷。饷：馈送。④ 老子：对老人的尊称。投：赠送。从第三、四句诗可见诗人仍然受到当地人民的欢迎与尊敬。⑤ "始知"二句：骞，亏损。崩，倒塌。朴鲁，质朴忠诚。两句后自注："刘伯绳言：今日人心灭甚，天地所以不崩堕者，是山野中人牵补架漏耳！" ⑥ 世路：世道。

我既不容于当今的世道，

这情景使我惭愧又更有何辞？

其　六

数间茅屋尽从容，一半书斋一半农。

左手犁锄三四件，右手翰墨百千通[1]。

牛宫豕圈亲僮仆，药灶茶铛坐老翁。

十口萧然皆自得[2]，年来经济不无功[3]。

【翻译】

几间茅屋尽可以从容，

一半是书斋，一半务农。

左面有犁锄三四件，

右面是翰墨百千通。

在牛舍猪圈里亲近僮仆，

在药灶茶炉边坐着老翁。

十口之家虽显得冷清却自足，

年来的经营事业不算无功。

---

① 翰墨：笔墨。翰指毛笔。② 萧然：萧条、冷清的意思。③ 经济：经世济民，此处指经营事业，作动词用。

制新茶

本诗反映茶农一天的劳动生活，先写天色，接写采茶、拣茶、炒茶、试茶。从时间上看，从白天到次日黎明之前；从程序上看，包括制茶的全过程。最后两句不仅与一、二句相应，而且在叙事中流露出对劳动生活的自豪与喜悦的情感。

檐溜松风方扫尽①，轻阴正是采茶天。
相邀直上孤峰顶，出市俱争谷雨前②。

---

① 檐溜：檐间溜下的滴水。松风：来自松林的风。

② 谷雨：二十四节气之一，时在公历四月十九日至二十一日间，农历三月中（因闰月关系，每年节气的日期相差很大）。谷雨前的茶嫩，是茶中的上品。

两筥东西分梗叶①，一灯儿女共团圆。
炒青已到更阑后②，犹试新烹瀑布泉。

【翻译】

松风才扫尽檐间的滴水，
轻阴正好是采茶的天气。
相邀直登上孤峰之顶，
新茶上市都争在谷雨之前。
两筐东西分拣梗叶，
一灯相照儿女团圆。
炒青已到更尽之后，
还来试新茶烹煮瀑布泉。

① 筥（jǔ举）：圆形的竹筐。 ② 炒青：摘下新茶后，放在锅中炒制，去其水分，保持其碧色，以便贮存，这种工艺叫炒青。

泊河口家书

顺治十七年(1660)黄宗羲五十一岁游江西庐山。八月十一日离家出发,九月初二过广信府①,泊船江西铅山河口,本诗即记途中写家信事。

三尺孤篷乱石滩,已随鸥鹭泊更残。
闻得乡音惊起坐,渔灯分火写平安。

【翻译】

三尺宽的孤篷小船在乱石滩,

① 广信府:治所在今江西上饶。

已伴随着鸥鹭停泊夜深更残。

蓦听到乡音惊喜坐起，

借一点渔火的光亮写封家信报平安。

泊昌邑山

本诗为作者匡庐纪游诗之一。作者寻访汉废王刘贺的遗迹，面对凄凉的景象，作此诗寄慨。

草屋参差云树平，行人共指废王城①。

① 废王：指刘贺。他是汉武帝之孙，昌邑哀王刘髆之子，昭帝死后，曾被霍光迎立为帝，仅二十七天，又被霍光指责淫乱，不合礼仪而废黜归昌邑城。宣帝时改封为海昏侯。废王城即昌邑城，是刘贺改封时所筑，在江西南康府建昌县北六十里。

荒坟难认宫人骨[1]，遗庙犹留王吉名[2]。
古佛掌中巢野鸽，商船月下听鸣筝。
废兴亦复寻常事，何事临流有叹声[3]。

【翻译】

云树之下是参差的草屋，
行人都指着说是废王昌邑故城。
荒坟间辨不清哪是宫人的骸骨，
遗庙里却还留下王吉的姓名。
野鸽在古佛掌中筑窝巢，
商船在月光之下听弹筝。
兴废本来也是寻常的事情，
为何到水边发出叹息声。

---

① 宫人：指昌邑王即位后与之淫乱的昭帝宫人。 ② 王吉：字子阳，原为昌邑王中尉，常谏王，王被废时免去死罪而被罚筑城。汉宣帝时被召为博士、谏大夫，上奏疏论得失，宣帝认为迂阔，于是以病辞谢归。与贡禹为友，有"王阳在位，贡公弹冠"之谚语。 ③ 作者自注："昌邑王每乘流而叹，其地名曰慨口。"

五老峰顶万松坪同阎古古夜话限韵[1]（二首选第一）

本诗是作者游匡庐诗之一。作者游五老峰是从万松坪后排藤踏棘而上，五六里即到峰顶。万松坪有白石庵，作者下山时遇到彭城（今江苏徐州）阎用卿，于是在灯下限韵作诗，僧定矞也参加。

身滨十死不言危[2]，天下名山尚好奇。

---

① 五老峰：位于庐山的南岭，是庐山的最高峰。五峰原出一山，断而各自为峰，相距或半里、或一里，峰峰异状，富有江矶海礁的变化。石多云母，白色，遥望如庞眉皓首的老人，故名。 ② 身滨十死：写作者抗清斗争时的遭遇，详见第76页注②和第152页注①。滨，通“濒”，迫近。

相遇青莲飞瀑地①，正当黄叶寄风时。
闲云野鹤常无定，箭镞刀痕尚在肌。
同是天涯流落客，不须重与说分离。

【翻译】

有十次差点死亡就不再说艰危，
对天下的名山依然好奇。
与您相遇在青莲飞瀑之地，
正好是黄叶飘风之时。
闲云野鹤行踪经常不定，
刀伤箭痕仍旧留在肤肌。
都是天涯的流落客，
不必再诉说分离。

---

① 青莲飞瀑地：青莲指青莲寺，建于明代万历年间，与万松坪相距约一里。附近有瀑布。

王仲撝侍御过龙虎山草堂[1]

顺治十八年(1661)黄宗羲五十二岁,住在龙虎山草堂,著《易学象数论》,王仲撝来访,黄教他天文学,相处甚欢。故友重逢,不胜悲欢,因有是作。

① 王仲撝(huī 灰):保定人,崇祯年间进士。南明乱世,军队搜刮民财,王主管余姚县,能制止各营剽夺掠取,保护百姓安全。升监察御史,故称侍御。王好读实用之书,曾跟作者学天文星象之学。龙虎山草堂:四明山北麓有化安山,东峰状似虎,西峰状似龙,黄氏丙舍即在两峰之间,故名。

十年有五惊弹指①，又复烦君入剡中②。
斜日蜂喧荞麦路，断云犬吠瀑花东。
相看须鬓都成雪③，岂料乾坤尚在笼④。
应是未还车马债⑤，枉教南北遍游踪。

【翻译】

十又五年应惊弹指，
又劳您来到剡中。
夕阳斜照蜂喧荞麦路，
云断深处犬吠瀑花东。
相看须鬓都已呈雪白，
怎料乾坤尚在牢笼。
应是还不清的车马债，
枉教天南地北遍布游踪。

---

① 弹指：佛家语。二十瞬为一弹指，比喻时间短暂。顺治四年(1647)，作者住山中注《授时历》。在穷岛空山、古松流水间推算历法，自以为此事无可与谈者，不意王仲捣自郡城来谈学，于是传授。作本诗时顺治十八年(1661)，相隔十五年，惊讶时光易逝。 ② 剡中：四明山麓化安山一带，宋时称剡中。 ③“相看”句：当时作者五十二岁，王仲捣六十三岁。 ④ 乾坤尚在笼：天地在牢笼中，比喻政治上受拘束不自由。 ⑤ 车马债：比喻人生奔波之累。

钱宗伯牧斋[1]

黄宗羲于康熙四年(1665)写《八哀诗》,悼念八位亡者,钱谦益为其一。本诗一二句评论表彰钱谦益的晚节与文学贡献,三四句实叙钱与作者私交,以临终嘱托一事反映钱晚景凄凉,并见二人私交深笃。五六句虚描钱与柳如是的

① 钱牧斋(1582—1664):钱谦益,号牧斋,政治经历比较复杂:崇祯时任礼部侍郎,因争权失败被革;福王时任礼部尚书,清兵南下时迎降,仕清五月后,告归家居。郑成功率水师攻入长江之际,他秘密联合抗清力量,资助南明招兵,甚至亲自夜去军营联系,曾被逮讯。他的诗承先启后,誉满东南,有《初学集》、《有学集》、《投笔集》。钱主盟诗坛,且黄比钱少二十八岁,故称钱为"宗伯"。

关系，从而使诗作出现浪漫色彩。七八句抒情，直接表达悲痛悼念之情。

四海宗盟五十年①，心期末后与谁传②？
凭裀引烛烧残话③，嘱笔完文抵债钱④。
红豆俄飘迷月路⑤，美人欲绝指筝弦⑥。
平生知己谁人是⑦，能不为公一泫然⑧。

【翻译】

主持天下诗坛五十年，
心愿最终有谁可传？

---

① 宗：主，作动词用，即主持。盟：结盟集社，指诗坛。②“心期”句：意谓钱谦益晚年最后抗清的心思谁可给予流传？ ③ 凭：凭借、依托。裀（yīn 因）：两层垫褥。 ④“嘱笔”句：作者自注：“宗伯临殁，以三文润笔（代人作文的报酬）抵丧葬之费，皆余代草。” ⑤ 红豆：指钱谦益八十寿辰时，家中二十年未开花的红豆树结子一颗，柳如是遣童子摘下，赠钱祝寿。 ⑥“美人”句：作者自注：“皆身后事。”美人：当指柳如是。她本是吴江名妓，色艺俱佳，能诗善画，曾称非才学如钱谦益者不嫁。后果为钱妾，同居绛云楼，酬唱甚欢。明亡，劝钱殉国，不从。钱死后，族人索银逼柳，柳自缢殉亡。 ⑦“平生”句：作者自注：“应三四句。”据此知己当指作者自己。 ⑧ 泫（xuàn 渲）然：伤心流泪的样子。

倚靠在垫褥上燃烛谈话，
代笔完文来抵偿债钱。
红豆俄飘在迷月路，
美人要断绝指筝弦。
您平生的知己哪位是，
怎能不为您热泪涟涟。

云门纪游(八首选第二)

康熙八年(1669)春,黄宗羲六十岁时到绍兴府,住在蕺山证人书院,这是他的老师明代有民族气节的学者刘宗周讲学的地方。出游云门诸胜,有云门纪游诗八首。云门在浙江绍兴南三十里,也称东山。

若耶溪边路①,村村自楚楚②。
屋角覆桃花,竹筏载游女。
溪桥数十丈,水声不闻语。

---

① 若耶:溪名,在绍兴南,出若耶山,北流入运河。溪旁旧有浣纱石古迹。 ② 楚楚:鲜明整洁的样子。

【翻译】

若耶溪边的道路，
个个村庄都自风光楚楚。
屋角覆着桃花，
竹筏上载着游女。
溪桥长有几十丈，
只有水声听不到人语。

得沈眉生书（二首选第二）

康熙九年(1670)，作者收到老友沈眉生的亲笔信后作本诗。本诗通篇与老友叙谈家常，表白心迹，亲切自然。结构严谨，对仗工整，却无丝毫雕琢痕迹。

春尽来书岁暮收，以前犹胜竟沉浮。
已轻野葛寻常味①，只少名山汗漫游②。
头白未曾成一事，灯青犹可役双眸。

---

① 野葛：即冶葛，是有毒植物。这句诗的意思是即使毒草也认为寻常，因为经历的磨难太多了。 ② 汗漫：放浪不羁，无拘无束。

两人踪迹非容易①，纳纳乾坤截众流②。

【翻译】

您春末写的信岁暮才能收，

总胜过从前信收不到付之沉浮。

已经把野葛视为寻常味，

只缺少名山常作汗漫游。

头白未能做成一事，

灯青还可役使双眸。

我俩走过的道路实在不容易，

在广大的乾坤里要截断众流。

---

① 踪迹：脚印、足迹。指两人平生走过的道路。 ② 纳纳：广大包容的形状。杜甫诗《野望》："纳纳乾坤大。"截：截住。

有　　感(二首选第二)

本诗作于康熙二十一年(1682),时作者七十三岁,有感于世道而作。

可怜世路每相违,谤既无根誉亦非。
岂有草衣能绝俗①,又无高论解重围。
姓名误落女儿口,魑魅因争绛烛辉②。

---

① 草衣:结草为衣,指未出仕的人。 ② 魑魅(chī mèi 痴妹):古代认为是木石的精怪,一般用来指鬼怪。晋嵇康在灯下弹琴,看见了鬼物,就把灯火吹灭了,说:"吾耻与魑魅争光。"魑魅争光可以有两种理解:自己与魑魅争光和魑魅与自己争光。诗中是后者。作者把魑魅比为世俗的小人。绛烛:红烛。

一概深文来伺我①，海鸥未必便惊飞②。

【翻译】

可怜世路常与愿望相违，
诽谤既无根由赞誉也非。
岂有草衣能够绝俗，
又无高论能解重围。
姓名误落女儿之口，
鬼魅因争绛烛之辉。
他们都罗织罪名来对付我，
但我心地坦荡有如海鸥未必就惊飞。

---

① 深文：引用苛细的法律条文来罗织罪名。 ②“海鸥”句：《列子》：“海上之人有好鸥鸟者，每旦之海上，从鸥鸟游，鸥鸟之至者，百住而不止。其父曰：‘吾闻鸥鸟从汝游，汝取来，吾玩之。’明日之海上，鸥鸟舞而不下也。”此处喻作者心地坦荡无心机，像鸥鸟不受外界影响。

苦　雨（二首选第一）

本诗前两句写时令紊乱，春天苦雨，后两句由此及彼，抒发感慨，一反多数春愁、春怨一类诗词的写法，扩大了诗的境界。

一冬寒日照枯枝，阴雨偏留花草时。
怪道争传《懊恼曲》①，古今何事不参差②。

---

①《懊恼曲》：也叫《懊侬歌》。是古乐府吴声歌曲，相传晋石崇妾绿珠所作。此取曲名字义。②参差：不齐，不一致。

【翻译】

一冬天的寒日照射枯枝，

连绵阴雨偏偏留给花长草萌时。

怪不得大家争着传唱《懊恼曲》，

古往今来不背理违情的有哪些事？

书　　事（三首选第一、第二）

作于康熙二十三年（1684），时作者七十五岁。其一写秋事。其二写作者的文学生活。

其　一

初晴泥路觉槃跚①，听彻松涛骨亦寒。
莫恨西风多凛烈，黄花偏奈苦中看②。

【翻译】

走在初晴的泥路上感到步履蹒跚，

---

① 槃跚（pán shān 盘山）：同“蹒跚”，腿脚不健，行步不稳的样子。 ② 黄花：指菊花。

听多了松涛骨亦寒。
不要怨恨西风多凛烈，
菊花偏在寒苦中才更好看。

其　二

论文不苦病相磨，剪烛山窗夜已过。
记得填词三百本，缘来最苦是情多①。

【翻译】

论文兴浓忘却病折磨，
剪去灯花山窗夜已过。
记得填词有三百本，
从来最苦苦在情多。

① 缘来：历来，由来，从来。

听唱《牡丹亭》（丙寅八月十八）

作者以诗论曲，评论汤显祖的《牡丹亭》，涉及该剧的艺术构思、人物、语言、音乐等方面，对这艺术杰作备加赞赏。诗句华美绮丽，在黄氏作品中别具一格。

掩窗试按《牡丹亭》①，不比红牙闹贱伶②。

---

①《牡丹亭》：明代汤显祖创作的著名传奇，写杜丽娘为情而死、为情而生的故事。 ② 红牙：乐器名，即拍板，亦名牙板，因色红故曰红牙。

莺隔花间还历历①，蕉抽雪底自惺惺②。
远山时阁三更雨③，冷骨难销一线灵④。
都为情深每入破⑤，等闲难与俗人听。

【翻译】

关上窗试按《牡丹亭》，
不比牙板声中闹贱伶。
莺隔花间还啼声呖呖，
蕉抽雪底仍自惜惺惺。
蹙眉时时滴下三更泪，
冷骨往往难销一线灵。
都为了情深每入破，
等闲难让俗人来聆听。

---

① 历历：同“呖呖”，莺鸣声。《牡丹亭·惊梦》写杜丽娘游园见姹紫嫣红开遍，听“呖呖莺声溜的圆”。 ② “蕉抽”句：作者自注：“臧晋叔改《牡丹亭》词，若士（汤显祖号）有诗：‘总饶割就时人景，却愧王维旧雪图。’图乃雪里芭蕉也。”惺惺：惺惺惜惺惺的简语。芭蕉不是冬天生长，雪里芭蕉是王维的独特艺术构思。句意为汤显祖对《牡丹亭》的独特构思自我珍惜。 ③ “远山”句：作者自注：“远山，眉也；阁雨言泪。” ④ 冷骨：指杜丽娘为情而死的尸骸。 ⑤ 入破：音乐术语。乐声变为繁弦急响之音，称为入破。

九日寻古兰亭①

本诗系怀古之作。作者于康熙二十七年重阳，寻访古兰亭，缅怀王羲之，对他的道德文章十分崇敬，对他的不幸遭遇满怀同情，诗中渲染兰亭荒凉的景象，直叙羲之功业未就，文章不入《文选》等，并由此发抒感慨。

① 兰亭：在山阴(今浙江绍兴)，景色秀丽，东晋著名书法家王羲之在晋穆帝永和九年(353)三月初三日上巳节，与司徒谢安、右司马孙绰等四十二人聚会于此，并举行祓禊之礼(三月三日到水滨洗濯、除去污垢的一种古代风俗)。这是一次著名的聚会，王羲之汇集了当时诸人的诗文，自己写了一篇诗序——《兰亭集序》，记述聚会的经过。

古兰亭在崇山下，去今亭里许，有华表[1]，为万历间徐贞明所立[2]，虽垦之成田，流觞之迹犹在[3]。余重九登高于此[4]，士人张敬吾导之，始得其地。

来寻内史流觞地[5]，重九何如上巳游[6]。
禾黍虽然吞古迹，茂林依旧叫钩辀[7]。

① 华表：古代设置在桥梁、宫殿、城垣或陵墓前的大柱。 ② 万历：明神宗朱翊钧年号（1573—1620）。徐贞明：万历中官至尚宝少卿，熟谙京畿水利，屡上奏议。开始时，他亲自到各州县勘察水泉，规划水利，后因触犯阉宦勋戚占田者的利益，而未成功，徐贞明也谢职归田。 ③ 流觞：兰亭集会时，与会者在曲水旁，将觞（盛有酒的杯子）投放在水的上游，任其循流而下，酒杯停止则取而饮之，叫做流觞。 ④ 重九：农历九月九日，民间有在重九登高的习俗。 ⑤ 内史：指王羲之。王做过会稽内史，故称。 ⑥ 上巳游：在农历三月初三上巳节日的游玩。此指王羲之等人的兰亭集会。 ⑦ 茂林：茂密的树林。王羲之在《兰亭集序》中说："此地有崇山峻岭，茂林修竹。"钩辀（zhōu 舟）：鹧鸪鸣叫声，亦作"钩辀格磔"。

文章不入昭明选①，功业空为殷浩谋②。
从古英雄多袖手③，流传恨事与千秋。

【翻译】

古兰亭在崇山脚下，离现在的兰亭约有一里路，有华表，是万历年间徐贞明所建立，虽然已被开垦成田，流觞的遗迹还在。我于重九日在这里登高，当地人张敬吾作向导，才找到这地方。

来寻找内史流觞之地，
重九登高怎可比上巳之游。
禾黍虽然已吞没古迹，
茂林依旧有叫声钩辀。
文章没有被昭明所选，

① 昭明：南朝梁昭明太子萧统。他编选《文选》，选录自秦至当代的诗文辞赋，是我国现存的最早的诗文选集，但《兰亭集序》未入选。 ② 殷浩：字渊源，东晋人。建元初为建武将军，参与朝政，曾谋划控制桓温。后为都督五州军事，以平定中原为己任。率师北伐，战败，被桓温弹劾，废为庶人。王羲之曾劝他与桓温和好，并两次写信劝止北伐之举，词句恳切，殷浩都不听。 ③ 袖手：手缩在袖中，表示不参与其事。

功业空为失败的殷浩谋。
从古以来英雄多袖手，
恨事流传付之千秋。

哭女孙阿好(二首选第一)

本诗采用对比方法,前两句写往昔、写团聚、写乐事;后两句写今日、写离散、写悲事。前两句衬托后两句,以聚写散,以喜写悲。三四两句亦是对比关系,儿女相聚,却又不全。最后用暗写,以"剩"红裙,写"缺"女孙。全诗明白如话,感情真切,情词婉转。

出门索物自频频,团扇香囊次第分。
今日归来儿女聚,开箱剩落一红裙①。

① 剩落:浙东方言,犹言多余下来。

【翻译】

每出门一次次索讨物品，
团扇香囊依次分尽。
今日归来儿女相聚，
开箱却多出了一条红裙。

卧　病(二首选第一)

作于康熙二十八年(1689),作者八十岁。前两句实写三秋卧病情景,后两句诗境扩大,从病中孤苦转而感慨不平。

骚屑三秋不自宁①,半床明月照零丁②。
何缘肺气秋涛壮,载尽人间许不平③。

【翻译】

凄凉的三秋天辗转不安宁,

---

① 骚屑:不安宁貌。杜甫《赴奉先咏怀五百字》:"抚迹犹酸辛,平人固骚屑。" ② 零丁:孤单貌。 ③ 许:如此,这样。

半床月光照着孤单的一身。
为什么肺气像秋天的江涛那样壮，
载尽了人间如此多的不平。

除　夕

本诗作于康熙二十八年(1689)。这一年,曾在甬上集诸老人作千岁会,郑近川、陈赓卿、邵陶叔、潘某年均百岁,余六人也都九十,黄宗羲八十岁为最少。作者除夕苦病,反思平生,虽已风烛残年,仍壮心未已。

病骨支床耐五更,春来山鸟冷同声。
无端世俗浮名重①,可验衰年道力轻。
十岳平生虚梦想,六经注脚未分明②。

① 无端:无缘无故。谦词,说自己名不符实。 ② 六经:《诗》、《书》、《礼》、《乐》、《易》、《春秋》。

明朝九十方开秩①，老眼还思傍短檠②。

【翻译】

床榻支撑着病骨熬过五更，

春来山鸟同人一样叫冷。

在俗世无端浮名重，

入衰年可验道力轻。

十岳平生空梦想，

六经注脚未曾分明。

明年我九十方开始，

老眼还准备依傍短灯檠。

---

① 秩(zhì 至)：十年为一秩。明朝九十方开秩，是说作者八十岁，明年是第九秩的开始。② 短檠(qíng 情)：短的灯架。檠，灯架，借指灯。

《古代文史名著选译丛书》编纂始末①

马樟根　安平秋

今年1月，《古代文史名著选译丛书》已经出到100种101册（其中《史记》为2册）。4月份，最后的33种也已交稿。这样，全书133种即将呈献在读者面前。② 一项服务当前、造福子孙的普及优秀古代文化、进行爱国教育的大工程将宣告完工了。回想

① 《古代文史名著选译丛书》由全国高校古籍整理研究工作委员会主持，古委会直接联系的18个古籍整理研究所为主要承担机构，章培恒、安平秋、马樟根任主编。本文于1992年4月，在《中国典籍与文化》杂志发表时题目是《衣带渐宽终不悔——〈古代文史名著选译丛书〉编纂始末》。这次将此文作为2011年修订版附录时，去掉原正标题，以原副标题为正式题目。 ② 至1994年4月最后定稿时，全书为135部。2011年修订版出版时，全书为134部。

这一套丛书动员18所院校，投入100余人，从1985年筹划，1986年起步，到今天已度过了六七年的岁月，个中甘辛令人难以忘怀。

一、北大·苏州·北大

——酝酿与筹划

编纂这样一套丛书，起因于1981年7月。当时陈云同志派人到北京大学召开了小型座谈会。来人告诉与会人员陈云同志最近在考虑两个问题：一个是粮食，一个是古籍整理。对古籍整理，特别讲到陈云同志说："整理古籍，为了让更多的人看得懂，仅作标点、注释、校勘、训诂还不够，要有今译，争取做到能读报纸的人多数都能看懂。有了今译，年轻人看得懂，觉得有意思，才会有兴趣去阅读。今译要经过选择，要列出一个精选的古籍今译的目录，不要贪多。"这就是后来收入《陈云文选》的那段话。1981年9月，中共中央关于整理我国古籍的文件中一字不差地强调了这段话。1983年，教育部成立了全国高校古籍整理研究工作委员会(简称古委会)。古委会主任周林同志根据中央和陈云同志意见，提出了组织力量今译古籍。但在当时，经过"文革”后的古籍整理工作百废待兴，加之一些学者对今译重要性的认识远非今日之深，这一工作一拖便是两年。

1985年5月，全国高校古委会在苏州召开了一届二次会议。周林同志在会上作了“人才培养和古代文化遗产普及问题”的专题发言，他分析了“解放三十多年来，由于‘左’的路线干扰，特别是‘文化大革命’，几乎使我们的民族文化到了中断的边缘，出现了对古代文化知之不多，或知之甚少的状况”，要教育界的同志“做好普及古代文化知识的工作”，搞好古籍的今注今译就是其中的一项重要任务，“高校古委会要在这方面多下功夫”，“高校古籍研究所无疑应担负起这个任务”。他针对当时一些人轻视古籍的今注今译思想，呼吁“我们对于选本、今译等有利于教育普及的东西，应承认它的学术价值”，“《昭明文选》、《唐诗三百首》、《古文观止》等是地道的选本，流传几百年，发生那么大的影响，能说没有水平？”“专家们深入浅出的在对古文献研究基础上的译注，对普及古代优秀文化作出重大贡献，算不算高水平的成果呢？”“古文既要译得恰当、准确，又要通畅易懂，难度是很大的”，“为了社会主义精神文明建设,古籍整理这方面也要作出应有的贡献”。一石激浪,沉寂了几年的今译古籍的话题又重新活跃起来。会上作了一番认真讨论。

经过这样的酝酿,1985年7月,全国高校古委会科研项目评审组的专家们聚集在北京大学勺园,筹划编纂一套古籍今译的精选本。初步定名为《古籍今译丛书》,议定了收书范围、内容,开列了65种书的选目。并决定由科研项目专家评审组召集人、复旦大学古籍所所长章培恒教授和参加过陈云同志在北大召开座谈会、当时古委会主管科研工作的副秘书长安平秋同志共同负责,与秘书处同志一起具体筹划。经几个月的筹备,决定由古委会直接联系的18个高校古籍研究所承担这一工作,组成编委会,并开列出89种书的选目,对选译的进度、规划亦作了设计。此时,几家出版社闻讯而至,表示愿意出版这套丛书。最早与我们联系的巴蜀书社的段文桂社长以其强烈的事业心和对古籍今译的高度重视感动了我们,于是决定邀请巴蜀书社编辑参加第一次编委会议。

二、从柳浪闻莺到桂子山上

——第一批书稿的产生

第一次编委会于1986年5月在杭州柳莺宾馆

召开。宾馆因位于西湖十景之一的柳浪闻莺而得名。全国高校18个研究所的24名学者和有关人员聚集在这风景胜地，无心观柳，亦无从闻莺，紧张地工作了三天。会上确定了这套普及读物的读者对象是具有中等以上文化程度的广大群众，收书范围是中国历代文史名著，在名著之中选精。所选书目，在原拟89种基础上，调整为116种，以形成系统性。书中选篇之下分提示、原文、今译、注释四部分，以译文为主，书前有一前言，书中加入必要的插图。每一种书约10—15万字。书名确定为《古代文史名著选译丛书》。即由到会的24位学者组成丛书编委会①，由章培恒、马樟根、安平秋三人任主编。于是，编委会立即分成三个工作小组，在会上分头拟出丛书《凡例》、《编写、审稿要求》和《文稿书写格式》，经讨论修改而形成了正式文字以供遵循。在

---

① 编委会成员按姓氏笔划排列为：

马樟根　平慧善　安平秋　刘烈茂　许嘉璐　李国祥
金开诚　周勋初　宗福邦　段文桂　董治安　倪其心
黄永年　章培恒　曾枣庄(以上为常务编委)
王达津　吕绍纲　刘仁清　刘乾先　李运益　杨金鼎
曹亦冰　常绍温　裴汝诚(以上为编委)

自报的前提下，会上确定了由18个研究所承担前40部书的今译任务，要求当年年底完成。古委会主任、丛书顾问周林同志对编委会的认真精神、紧张工作和显著效率十分赞赏，他说："有这样一个编委会，有这样一个阵容来做选译，使中国历史文化不成为专属于少数人的知识，使能看报纸的人都读懂自己民族的名著，从而树立爱国主义、建设有民族特色的精神文明，其意义之深远将会在今后愈益显露出来。"于是，有1000余万字的大工程便从这里开始了。

当年年底各研究所的今译书稿经作者完成后，由在该所的编委审改，到1987年5月和7月，先后在复旦大学、北京大学两次召开编委审稿会。这种审稿会，说是审稿，实际上是边审边改，字斟句酌，每部书稿必须经一位编委、一位常务编委审改把关，经过这样两道工序，汇总到主编手中，40部书稿通过了25部。其中部分书稿赶印了样稿征求意见。于是周林同志于7月6日在北大临湖轩邀请了在京十几位专家与正在审稿的编委一起研究样稿，探讨如何提高这套今译丛书的质量。

根据编委审稿发现的问题和在京专家们的意

见，从书亟需在已定体例的框架中条列细则；而出版单位巴蜀书社又希望所出版的第一批书为50种以便形成格局，需要布置各研究所承担新的今译任务。这样，1987年10月在华中师范大学再次召开了编委会，又请了詹锳、周振甫、刘乃和、郭预衡等先生到会指导。

这次编委会是在审看了40部书稿后，发现了一大批问题亟待解决，又是在需要布置下一步任务的状况下召开的，是一次承上启下的编委会。会议初期人们的心情和会上的气氛都带有一股子严峻与急切。会议从5日到8日开了三天半。但是在4日晚上开预备会的时候，主编章培恒先生尚未到会，亦无他是否已从上海出发的信息。5日上午就要开会了，主编不到怎么行呢？5日一早，我们还在沉睡之中，忽听有人敲门，进来的竟是章培恒！一向风神儒雅、衣装考究的章培恒先生，此时却是一身尘灰、满脸疲惫地站在我们面前。原来他从上海出发前，未能买到机票或船票，而上海到武汉又没有直达火车，只好先从上海坐火车到长沙，为了不误5日上午开会，他只好买了一张无座票，夜间从长沙出发一直站到武昌。一向走路辨不清方向的章培恒竟然在夜色未退之前一人从车站摸到了华中师大专家楼，也算是奇迹。

这次编委会，从体例的具体要求、书中选篇是否合适、每篇中的提示如何写、注释的繁简和语言的通俗性，到今译的信达雅如何把握，例如李白的“床前明月光，疑是地上霜，举头望明月，低头思故乡”这样通俗的诗是否要翻译，在在都有热烈的争论。感谢编委们的努力和学术判断力，最后终于形成了一个《细则》，一切争论都统一在这个《细则》之上。编委们在思想明确、分得新的任务之后，显出了少有的轻松与喜悦。会议结束正逢中秋节，华中师大的专家楼坐落在武昌桂子山上。入夜，桂子山上举行了赏月茶会，几张方桌，围坐着全体编委和特邀到会专家。天上明月如盘，清辉洒地，眼前桂树葱茏，桂花飘香，华中师大古籍研究所的青年们活跃席间，引得王达津先生即席赋诗，刘乃和先生清唱京戏。这气氛预示着《古代文史名著选译丛书》克服了当前的困难，第一批50种书稿有如母腹中的胎儿，快要降生了。

三、华清池畔的愁云与人民大会堂的欢欣

——第一批书出版的柳暗花明

1988年10月，编委们再一次聚会，审定第一批

50种中的最后十几部书稿、修改第二批50种中的大量书稿。这次审稿是在“东枕华山、西拒咸阳”的骊山脚下、华清池滨的一家招待所。这里古朴而不豪华，食宿低廉却又实惠，审稿之余，左近有风景可观，有古迹可寻，房内有43℃的温汤沐浴，编委们平日在校教学、科研工作劳累而生活清苦，如今有这样的环境与条件，感到少有的惬意。我们作为主编觉得这也是对编委们两年来辛勤编书的一点补偿。但这种适意之感很快就被两件事所驱散。一件事是书稿的质量。几十部书稿交来，一经审看，从注译到体例完全合格的只有寥寥可数的三四部，余下的，或需小改，或需大改，或根本不合格需退回重作。另一件事是出版发行成了问题。到会的巴蜀书社副社长黄葵同志向大家通报了即将印出的16本书征订情况，最多的为2000册，且只有一种，其他的只有800册、600册，甚至还有200余册。征订不佳，销路不畅，出书要赔钱，出版社为难，编委们又无计可施。此时哪还有心思去观赏“骊山云树郁苍苍，历尽周秦与汉唐”？也无心绪登上骊山，在烽火台前怀古。且正值“楼台八月凉”的节令，只有华清池畔秋雨飘零，秋风瑟瑟，落叶满地，不禁愁从中来。

愁则愁，还得面对现实。书稿质量不高，靠到会近20位编委十余天的逐字逐句修改，终于改定合格17部。至于出版发行问题，巴蜀书社的朋友费心经营，重新设计了封面，改进装帧，将第一批50种装成一个大礼品盒，成盒出售。从中又得到了国家新闻出版署、四川省出版局、国家教委有关司局和各省市教委的大力支持与帮助，发行面得以扩大，到了1990年下半年，首印的17000套书销售已尽，而问讯、索购者不绝，出版社决定再印30000套以供读者需要。中央领导了解到这套丛书受到读者欢迎，欣然为丛书题辞，江泽民总书记的题辞是“做好我国古代文史名著的传播普及工作，使其古为今用，以发扬爱国主义精神”，李鹏总理的题辞是“弘扬民族优秀文化，激励爱国主义精神”。李瑞环同志也为丛书题了辞。

1990年8月22日在北京人民大会堂召开了《古代文史名著选译丛书》出版座谈会。国家领导人李铁映、胡乔木、李德生、陈丕显、廖汉生、王汉斌、王光英出席，古委会主任周林同志主持会议，到会各阶层代表在发言中从不同角度肯定了这套书对促进青少年了解历史、了解国情、了解中华民族优秀传统文化、进行爱国主义教育的作用。时值盛夏，却逢喜雨，洗却了编委和出版社同志心中的忧虑，参加大会堂座谈会的13名常务编委会后又聚集在北京大学讨论深入认识编纂这套丛书的重大意义，研究审改好第二批书稿的具体措施。

四、从舜耕山庄耕作到乐山脚下

——第二批书稿审定之艰辛

第二批书稿50种50册，是1987年10月布置的。1988年10月在西安审改合格的17部书稿都已放入第一批中以替换原已通过的第一批中质量较差的书稿。这样，第二批书稿当时余下的已完成的有20余部，却都不合格，只能要求译注者和编委再行修改。一年之后，编委会汇总来重新改好和新译注交来的第二批书稿44部，1989年10月于济南千佛山下的舜耕山庄召开了常务编委审稿会。

这次审稿，发现的问题较多。有的选目不当，如有的史书重要人物的传不选却选入无关紧要而又无学习价值的人物传，有的名家的文章名篇不选却选入既无文学价值又无借鉴意义的篇章。有的选译所依据的底本不当，舍弃现有的精校本却用校勘不善的本子。有的虽有根据地改动正文却只在注释中说“原作……据别本改”，而不指明据何本改。有的注释过繁，不利于一般读者阅读；有的注释极简，该注释的地方不注，使广大读者看了译文仍无法理解全文的精妙；而更多的是注释不准确，对一字一词增字为训而歪曲了原意的毛病也较普遍。译文问题更多，有的语义不清，佶屈聱牙，把“三顾频烦天下计，两朝开济老臣心”译为“三顾茅庐频烦为天下大计，两朝事业开济尽老臣忠心”，有的为追求通俗生动把“君何往”中的“君”译为“老兄”。每篇的提示，有的写得很长变成了文章赏析，有的虽短却不中肯綮，用了类似“文革”期间的语言扣几顶大帽子了事。看这样的稿子都觉头痛，改这样的稿子更感艰难。审稿历时 12 天，参加审稿、当时 63 岁的黄永年先生向我们诉苦：“头发掉了一把!”有的编委说，千佛山古称历山，传说舜在这里开垦耕耘，十分艰辛，我们住在舜耕山庄，预示着我们为这套丛书垦荒笔耕，也要历尽千辛。这次审稿，经过审改之后，有 10 部书稿合格，有 11 部需会后再作小的修改方能通过，余下的均需作大的改动或另请人译注。

这次审稿还研究了所选戏曲部分的曲辞如何今译问题，如规定了念白中出现的诗句只注不译，上、下场诗只注不译，注而不译的文字在译文中应予保留以便参读。

到 1990 年 12 月，丛书常务编委在广州研究丛书如何体现批判继承精神、如何提高第二批书稿质量时，又有 18 部书稿完成交来。为了保证书稿质量，使 1991 年上半年召开的常务编委审稿会得以顺利进行，我们三个主编从广州匆匆赶到北京，用了一周时间审看了这 18 部书稿，通过了 7 部，11 部退改。当我们看完最后一部书稿碰头研究时，已是 12 月 31 日。在 1990 年一年内，我们仅仅通过了这 7 部书稿。加上 1989 年在舜耕山庄通过的 10 部，也仅有 17 部，尚差 33 部方足第二批的 50 部。

1991 年 5 月，常务编委来到古称嘉州的乐山市，在乐山山腰的八仙洞宾馆继续审改第二批书稿。改稿时间只有十天，要力争将 50 部推出，其繁重可知。我们在改稿过程中，不禁想到明万历年间嘉州知州袁子让的诗句“登临始觉浮生苦”，想到这套丛书从起步到这次审改已历时 5 年，当初怎么也没有想到完成这套丛书会是如此的艰辛，真是登临始觉笔耕苦啊!

这次乐山审稿,通过了13部书稿。好在余下的20部书稿只须小改即可在会后交稿,终于在1991年8月将这20部书稿全部改定交巴蜀书社。第二批50部历时近四年终于定稿了。

五、在金陵古都作光辉的一结
——第三批书稿的完成

1990年12月据出版社的要求,这套丛书出齐当为150种,到乐山会上又修正为110种至125种,最后数字的确定根据最后一次审稿结果而定,合格的即入选,不合格的不再修改选入。根据这一共识,今年4月中旬,我们一部分常务编委聚集到六朝古都南京,从已经交来的35部书稿中选择经小改合格的书稿。经过十一天的劳作,选择、改定33部,由到会的常务编委、巴蜀书社的段文桂总编和编委、巴蜀书社的刘仁清副编审带回成都,将经由他们的继续辛苦而使《古代文史名著选译丛书》以133部、1500万字之数呈献给热爱中华文化的读者。

这套丛书从1986年5月起步,历时整整六年,平日繁细工作不计,仅编委大小审稿会就开了12次之多。丛书的发起人、顾问、古委会主任周林同志先后参加了8次审稿会，每次都自始至终和大家在一起，听取审稿情况，了解遇到的问题；当我们遇到困难的时候他为我们鼓劲，当我们感到欣喜的时候他提醒我们不可大意。这次他又和我们一起来到虎踞龙蟠的石头城下，为我们督阵，看我们能否为这套丛书作出光辉的一结。

此时此刻，我们与这次会议的东道主、丛书常务编委、南京大学的周勋初先生漫步在中山陵旁，想到今译丛书已基本完成，自然感到如释重负，但理智却使我们不敢轻松，我们期待着全书133部出齐之后专家、读者的评头品足。

1992年4月26日

（原载《中国典籍与文化》1992年第1期）

古代文史名著选译丛书(修订版)总目

丛书主编:章培恒　安平秋　马樟根

书　名	译注者	审阅者	定价/元
老子注译	张玉春　金国泰	安平秋	16.00
庄子选译	马美信	章培恒	18.00
荀子选译	雪　克　王云路	董治安　许嘉璐	19.00
申鉴中论选译	张　涛　傅根清	董治安	18.00
颜氏家训选译	黄永年	许嘉璐	15.00
论语注译	孙钦善	宗福邦	28.00
孟子选译	刘聿鑫　刘晓东	黄　葵	20.00
墨子选译	刘继华	董治安	14.00
韩非子选译	刘乾先　张在义	黄　葵	19.00
新序说苑选译	曹亦冰	倪其心	25.00
论衡选译	黄中业　陈恩林	许嘉璐	22.00
管子选译	缪文远　缪　伟	董治安	18.00
列子选译	王丽萍	周勋初　倪其心	19.00
韩诗外传选译	杜泽逊　庄大钧	董治安	24.00
盐铁论选译	孙香兰　刘光胜	黄永年	13.00
诗经选译	程俊英　蒋见元	刘仁清	19.00
楚辞选译	徐建华　金舒年	金开诚	15.00
贾谊文选译	徐　超　王洲明	安平秋	17.00
司马相如文选译	费振刚　仇仲谦	安平秋	11.00
文心雕龙选译	周振甫	黄永年	17.00
庾信诗文选译	许逸民	安平秋	18.00

书　名	译注者	审阅者	定价/元
嵇康诗文选译	武秀成	倪其心	18.00
谢灵运鲍照诗选译	刘心明	周勋初	18.00
陈子昂诗文选译	王　岚	周勋初　倪其心	14.00
李白诗选译	詹　锳　等	章培恒	22.00
高适岑参诗选译	谢楚发	黄永年	23.00
元稹白居易诗选译	吴大逵　马秀娟	宗福邦	21.00
柳宗元诗文选译	王松龄　杨立扬	周勋初	18.00
李贺诗选译	冯浩菲　徐传武	刘仁清	20.00
杜牧诗文选译	吴　鸥	黄永年	14.00
李商隐诗选译	陈永正	倪其心	19.00
唐五代词选译	亦　冬	董治安	16.00
唐文粹选译	张宏生	周勋初	18.00
晚唐小品文选译	顾歆艺	平慧善	15.00
黄庭坚诗文选译	朱安群　等	倪其心	18.00
辛弃疾词选译	杨　忠	刘烈茂	24.00
元好问诗选译	郑力民	宗福邦	20.00
宋四家词选译	王晓波	倪其心	16.00
黄宗羲诗文选译	平慧善　卢敦基	马樟根	15.00
吴伟业诗选译	黄永年　马雪芹	安平秋	20.00
方苞姚鼐文选译	杨荣祥	安平秋	20.00
明代散文选译	田南池	马樟根	22.00
顾炎武诗文选译	李永祜　郭成韬	刘烈茂	23.00
张衡诗文选译	张在义　张玉春 韩格平	刘仁清	16.00
汉诗选译	张永鑫　刘桂秋	金开诚	19.00

书　名	译注者		审阅者		定价/元
阮籍诗文选译	倪其心		刘仁清		15.00
三曹诗选译	殷义祥		刘仁清		22.00
诸葛亮文选译	袁钟仁		董治安		16.00
陶渊明诗文选译	谢先俊	王勋敏	平慧善		16.00
杜甫诗选译	倪其心	吴　鸥	黄永年		17.00
王维诗选译	邓安生	等	倪其心		20.00
刘禹锡诗文选译	梁守中		倪其心		20.00
孟浩然诗选译	邓安生	孙佩君	马樟根		18.00
韩愈诗文选译	黄永年		李国祥		20.00
欧阳修诗文选译	林冠群	周济夫	曾枣庄		20.00
曾巩诗文选译	祝尚书		曾枣庄		19.00
苏轼诗文选译	曾枣庄	曾　弢	章培恒		23.00
李清照诗文词选译	平慧善		马樟根		15.00
陆游诗词选译	张永鑫	刘桂秋	黄　葵		24.00
朱熹诗文选译	黄　珅		曾枣庄		20.00
文天祥诗文选译	邓碧清		曾枣庄		20.00
袁枚诗文选译	李灵年	李泽平	倪其心		20.00
王安石诗文选译	马秀娟		刘烈茂	宗福邦	18.00
二程文选译	郭　齐		曾枣庄		25.00
范成大杨万里诗词选译	朱德才	杨　燕	董治安		26.00
萨都剌诗词选译	龙德寿		曾枣庄		28.00
王阳明诗文选译	吴　格		章培恒		18.00
徐渭诗文选译	傅　杰		许嘉璐	刘仁清	17.00
李贽文选译	陈蔚松	顾志华	李国祥	曾枣庄	17.00

书　名	译注者		审阅者	定价/元
三袁诗文选译	任巧珍		董治安	17.00
王士禛诗选译	王小舒	陈广澧	黄永年	13.00
龚自珍诗文选译	朱邦蔚	关道雄	周勋初	13.00
尚书选译	李国祥 谢贵安	刘韶军 庞子朝	宗福邦	14.00
礼记选译	朱正义	林开甲	宗福邦	22.00
左传选译	陈世铙		董治安	22.00
国语选译	高振铎	刘乾先	黄　葵	22.00
战国策选译	任　重	霍旭东	李国祥	21.00
吕氏春秋选译	刘文忠		董治安	17.00
吴越春秋选译	郁　默		倪其心	19.00
史记选译	李国祥 张三夕	李长弓	安平秋	29.00
汉书选译	张世俊	任巧珍	李国祥	22.00
后汉书选译	李国祥 彭益林	杨　昶	许嘉璐	24.00
三国志选译	刘　琳		黄　葵	18.00
晋书选译	杜宝元		许嘉璐	15.00
宋书选译	漆泽邦	孔　毅	李国祥	19.00
南齐书选译	徐克谦		周勋初	18.00
北齐书选译	黄永年		安平秋	16.00
梁书选译	于　白		周勋初	17.00
陈书选译	赵　益		周勋初	17.00
南史选译	漆泽邦		安平秋	22.00
北史选译	刁忠民		段文桂	20.00

书　名	译注者	审阅者	定价/元
周书选译	黄永年	安平秋	15.00
魏书选译	杨世文　郑　晔	周勋初	22.00
隋书选译	武秀成　赵　益	周勋初	20.00
新唐书选译	雷巧玲　李成甲	黄永年	16.00
旧唐书选译	黄永年	章培恒	16.00
新五代史选译	李国祥　王玉德 姚伟钧	周勋初	18.00
旧五代史选译	贾二强	黄永年	17.00
宋史选译	淮　沛　汤　墨	曾枣庄	20.00
辽史选译	郭　齐　吴洪泽	曾枣庄	21.00
金史选译	杨世文　祝尚书 李文泽　王晓波	曾枣庄	21.00
元史选译	樊善国　徐　梓	马樟根	25.00
明史选译	杨　昶	李国祥	20.00
清史稿选译	黄　毅	章培恒	22.00
贞观政要选译	裴汝诚　王义耀	黄永年	18.00
史通选译	侯昌吉　钱安琪	周勋初	16.00
资治通鉴选译	李　庆	黄永年	16.00
续资治通鉴选译	徐光烈	安平秋	24.00
通鉴纪事本末选译	谈蓓芳	章培恒	21.00
洛阳伽蓝记选译	韩结根	章培恒	22.00
梦溪笔谈选译	李文泽	曾枣庄	20.00
徐霞客游记选译	周晓薇　等	黄永年　马樟根	17.00
宋代笔记小说选译	朱瑞熙　程君健	金开诚等	19.00
关汉卿杂剧选译	黄仕忠	刘烈茂	24.00

书　名	译注者	审阅者	定价/元
明代文言短篇小说选译	黄　敏	章培恒	23.00
六朝志怪小说选译	肖海波　罗少卿	刘仁清	21.00
世说新语选译	柳士镇　钱南秀	周勋初	23.00
水经注选译	赵望秦　段塔丽　张艳云	许嘉璐	19.00
唐人传奇选译	周　晨	曾枣庄	24.00
唐五代笔记小说选译	严　杰	周勋初	21.00
大慈恩寺三藏法师传选译	贾二强	黄永年	18.00
宋代传奇选译	姚　松	周勋初	22.00
聊斋志异选译	刘烈茂　欧阳世昌	章培恒	22.00
阅微草堂笔记选译	黄国声	安平秋	16.00
清代文言小说选译	王火青	周勋初	23.00
历代名画记图画见闻志选译	周晓薇　赵望秦	黄永年	17.00
容斋随笔选译	罗积勇	宗福邦	20.00
唐才子传选译	张　萍　陆三强	黄永年	24.00
西厢记选译	王立言	董治安	20.00
元代散曲选译	彭久安	刘烈茂　金开诚	21.00
日知录选译	张艳云　段塔丽	黄永年	22.00
桃花扇选译	张文澍	章培恒　段文桂	15.00
牡丹亭选译	卓连营	章培恒	14.00
长生殿选译	戚海燕	董治安	20.00